pocketbook

pocketbook

МИХАИЛ БУЛГАКОВ

Собачье сердце

ЭКСМО
МОСКВА

УДК 82-3
ББК 84(2Рос-Рус)6-4
Б 90

Оформление серии *Андрея Саукова*

Составитель серии *Александр Жикаренцев*

Булгаков М. А.

Б 90 Собачье сердце / Михаил Булгаков. — М. : Эксмо, 2012. — 224 с. — (Pocket book).

ISBN 978-5-699-46184-4

Повесть «Собачье сердце» — одно из самых известных и запоминающихся произведений в творчестве Михаила Булгакова. С неподражаемым сарказмом и юмором Булгаков описал небывалый рискованный эксперимент профессора Преображенского по превращению собаки в человека, создав великолепную пародию на парадоксальную обстановку Советской России 30-х годов. Жестокий опыт по выведению новой «породы» людей показывает, что нельзя безнаказанно экспериментировать с природой и менять Божий Промысел в угоду политическим целям. Детища подобных экспериментов способны уничтожить своих создателей.

Повесть была дважды экранизирована: итальянцем Альбертом Латтуадой и Владимиром Бортко. Русская экранизация была удостоена многочисленных премий и получила высокие оценки зрителей.

УДК 82-3
ББК 84(2Рос-Рус)6-4

ISBN 978-5-699-46184-4

СОБАЧЬЕ СЕРДЦЕ

Глава 1

У-у-у-у-у-у-гу-гу-гугу-уу! О, гляньте на меня, я погибаю! Вьюга в подворотне ревет мне отходную, и я вою с нею. Пропал я, пропал! Негодяй в грязном колпаке, повар в столовой нормального питания служащих Центрального совета народного хозяйства, плеснул кипятком и обварил мне левый бок. Какая гадина, а еще пролетарий! Господи боже мой, как больно! До костей проело кипяточком. Я теперь вою, вою, вою, да разве воем поможешь?

Чем я ему помешал? Чем? Неужели же я обожру Совет народного хозяйства, если в помойке пороюсь? Жадная тварь. Вы гляньте когда-нибудь на его рожу: ведь он поперек себя шире! Вор с медной мордой. Ах, люди, люди! В полдень угостил меня колпак кипятком, а сейчас стемнело, часа четыре приблизительно пополудни, судя по тому, как луком пахнет из пожарной Пречистенской команды. Пожарные ужинают кашей, как вам известно. Но это последнее дело, вроде грибов. Знакомые псы с Пречистенки, впрочем, рассказывали, будто бы на Неглинном в ресторане «Бар» жрут дежурное блюдо — грибы, соус пикан по три рубля семьдесят пять копеек порция. Это дело на любителя — все равно что калошу лизать... У-у-у-у...

Бок болит нестерпимо, и даль моей карьеры видна мне совершенно отчетливо: завтра появятся язвы, и, спрашивается, чем я их буду лечить? Летом можно смотаться в Сокольники, там есть особенная, очень хорошая трава, и, кроме того, нажрешься бесплатно колбасных головок, бумаги жирной набросают граждане, налижешься. И если бы не грымза какая-то, что поет на кругу при луне — «милая Аида», — так что сердце падает, было бы отлично. А теперь куда же пойдешь? Не били вас сапогом? Били. Кирпичом по ребрам получали? Кушано достаточно. Все испытал, с судьбою своей мирюсь и если плачу сейчас, то только от физической боли и от голода, потому что дух мой еще не угас... Живуч собачий дух.

Но вот тело мое — изломанное, битое, надругались над ним люди достаточно. Ведь главное что: как врезал он кипяточком, под шерсть проело, и защиты, стало быть, для левого бока нет никакой. Я очень легко могу получить воспаление легких, а получив его, я, граждане, подохну с голоду. С воспалением легких полагается лежать на парадном ходе под лестницей, а кто же вместо меня, лежащего холостого пса, будет бегать по сорным ящикам в поисках питания? Прохватит легкое, поползу я на животе, ослабею, и любой спец пришибет меня палкой насмерть. И дворники с бляхами ухватят меня за ноги и выкинут на телегу...

Дворники из всех пролетариев самая гнусная мразь. Человечьи очистки — самая низшая категория. Повар попадается разный. Например, покойный Влас с Пречистенки. Скольким он жизнь спас! Потому что самое главное во время болезни перехватить кус. И вот, бывало, говорят старые псы, махнет Влас кость, а на ней с осьмушку мяса. Царство ему небесное за то, что был настоящая личность, барский повар графов Толстых, а не из Совета нормального питания. Что они там вытворяют в нормальном питании, уму собачьему непостижимо! Ведь они же, мерзавцы, из вонючей солонины щи варят, а те, бедняги, ничего и не знают! Бегут, жрут, лакают!

Иная машинисточка получает по девятому разряду четыре с половиной червонца, ну, правда, любовник ей фильдеперсовые чулочки подарит. Да ведь сколько за этот фильдеперс ей издевательств надо вынести! Прибежит машинисточка, ведь за четыре с половиной червонца в «Бар» не пойдешь! Ей и на кинематограф не хватает, а кинематограф у женщин единственное утешение в жизни. Дрожит, морщится, а лопает. Подумать только — сорок копеек из двух блюд, а они, оба эти блюда, и пятиалтынного не стоят, потому что остальные двадцать пять копеек заведующий хозяйством уворовал. А ей разве такой стол нужен? У нее и верхушка правого легкого не в порядке, и женская болезнь, на службе с нее вычли, тухлятиной в столовке накормили, вон она, вон она!! Бежит в подворотню в любовниковых чулках. Ноги холодные, в живот дует, потому что шерсть на ней вроде моей, а штаны она носит холодные, так, кружевная видимость. Рвань для любовника. Надень-ка она фланелевые, попробуй. Он и заорет:

— До чего ты неизящна! Надоела мне моя Матрена, намучился я с фланелевыми штанами, теперь пришло мое времечко. Я теперь председатель, и сколько ни накраду — все, все на женское тело, на раковые шейки, на «Абрау-Дюрсо»! Потому что наголодался в молодости достаточно, будет с меня, а загробной жизни не существует.

Жаль мне ее, жаль. Но самого себя мне еще больше жаль. Не из эгоизма говорю, о нет, а потому, что действительно мы в неравных условиях. Ей-то хоть дома тепло, ну, а мне, а мне! Куда пойду? Битый, обваренный, оплеванный, куда же я пойду? У-у-у-у!..

— Куть, куть, куть! Шарик, а Шарик! Чего ты скулишь, бедняжка? А? Кто тебя обидел?.. Ух...

Ведьма — сухая метель загремела воротами и помелом съездила по уху барышню. Юбчонку взбила до колен, обнажила кремовые чулочки и узкую полосочку плохо стиранного кружевного бельишка, задушила слова и замела пса.

— Боже мой... какая погода... ух... и живот болит. Это солонина, это солонина! И когда же это все кончится?

Наклонив голову, бросилась барышня в атаку, прорвалась за ворота, и на улице ее начало вертеть, рвать, раскидывать, потом завинтило снежным винтом, и она пропала.

А пес остался в подворотне и, страдая от изуродованного бока, прижался к холодной массивной стене, задохся и твердо решил, что больше отсюда никуда не пойдет, тут и издохнет, в подворотне. Отчаяние повалило его. На душе у него было до того горько и больно, до того одиноко и страшно, что мелкие собачьи слезы, как пупырыши, вылезли из глаз и тут же засохли. Испорченный бок торчал свалявшимися промерзшими комьями, а между ними глядели красные зловещие пятна от вара. До чего бессмысленны, тупы, жестоки повара! «Шарик» она назвала его! Какой он, к черту, Шарик? Шарик — это значит круглый, упитанный, глупый, овсянку жрет, сын знатных родителей, а он лохматый, долговязый и рваный, шляйка поджарая, бездомный пес. Впрочем, спасибо ей на добром слове.

Дверь через улицу в ярко освещенном магазине хлопнула, и из нее показался гражданин. Именно гражданин, а не товарищ, и даже вернее всего — господин. Ближе — яснее — господин. Вы думаете, я сужу по пальто? Вздор. Пальто теперь очень многие и из пролетариев носят. Правда, воротники не такие, об этом и говорить нечего, но все же издали можно спутать. А вот по глазам — тут уж ни вблизи, ни издали не спутаешь! О, глаза — значительная вещь! Вроде барометра. Все видно — у кого великая сушь в душе, кто ни за что ни про что может ткнуть носком сапога в ребра, а кто сам всякого боится. Вот последнего холуя именно и приятно бывает тяпнуть за лодыжку. Боишься — получай! Раз боишься, значит, стоишь... Р-р-р... гау-гау.

Господин уверенно пересек в столбе метели улицу и двинулся в подворотню. Да, да, у этого все видно. Этот тухлой солонины лопать не станет, а если где-нибудь ему ее и подадут, поднимет та-акой скандал, в газеты напишет — меня, Филиппа Филипповича, обкормили!

Вот он все ближе, ближе. Этот ест обильно и не ворует. Этот не станет пинать ногой, но и сам никого не боится, а не боится потому, что вечно сыт. Он умственного труда господин, с культурной остроконечной бородкой и усами седыми, пушистыми и лихими, как у французских рыцарей, но запах по метели от него летит скверный — больницей и сигарой.

Какого же лешего, спрашивается, носило его в кооператив Центрохоза? Вот он рядом... Чего ищет? У-у-у-у... Что он мог покупать в дрянном магазинишке, разве ему мало Охотного ряда? Что такое?! Кол-ба-су. Господин, если бы вы видели, из чего эту колбасу делают, вы бы близко не подошли к магазину. Отдайте ее мне!

Пес собрал остаток сил и в безумии пополз из подворотни на тротуар. Вьюга захлопала из ружья над головой, взметнула громадные буквы полотняного плаката «Возможно ли омоложение?».

Натурально, возможно. Запах омолодил меня, поднял с брюха, жгучими волнами стеснил двое суток пустующий желудок, запах, победивший больницу, райский запах рубленой кобылы с чесноком и перцем. Чувствую, знаю, в правом кармане шубы у него колбаса. Он надо мной. О, мой властитель! Глянь на меня. Я умираю. Рабская наша душа, подлая доля!

Пес полз, как змея, на брюхе, обливаясь слезами. Обратите внимание на поварскую работу. Но ведь вы ни за что не дадите. Ох, знаю я очень хорошо богатых людей. А в сущности, зачем она вам? Для чего вам гнилая лошадь? Нигде кроме такой отравы не получите, как в Моссельпроме. А вы сегодня завтракали, вы — величина мирового значения, благодаря мужским половым железам... У-у-у-у... Что ж это делается на белом свете? Видно, помирать-то еще рано, а отчаяние, и подлинно, грех. Руки ему лизать, больше ничего не остается.

Загадочный господин наклонился ко псу, сверкнул золотыми ободками глаз и вытащил из правого кармана белый продолговатый сверток. Не снимая коричневых перчаток, размотал бумагу, которой тотчас овладела метель, и отломил кусок колбасы, называемой «Особенная краковская». И псу этот кусок! О, бескорыстная личность. У-у-у-у!

— Фить-фить, — посвистал господин и добавил строжайшим голосом: — Бери! Шарик, Шарик!

Опять «Шарик»! Окрестили! Да называйте как хотите. За такой исключительный ваш поступок...

Пес мгновенно оборвал кожуру, с всхлипыванием вгрызся в краковскую и сожрал ее в два счета. При этом подавился колбасой и снегом до слез, потому что от жадности едва не заглотал веревочку. Еще, еще лижу вам руку. Целую штаны, мой благодетель!

— Будет пока что... — Господин говорил так отрывисто, точно командовал. Он наклонился к Шарику, пытливо глянул ему в глаза и неожиданно провел рукой в перчатке интимно и ласково по Шарикову животу.

— Ага, — многозначительно молвил он, — ошейника нету, ну, вот и прекрасно, тебя-то мне и надо. Ступай за мной, — он пощелкал пальцами, — фить-фить!

За вами идти? Да на край света, пинайте меня вашими фетровыми ботиками в рыло, я слова не вымолвлю.

По всей Пречистенке сияли фонари. Бок болел нестерпимо, но Шарик временами забывал о нем, поглощенный одною мыслью, как бы не утратить в сутолоке чудесного видения в шубе и чем-нибудь выразить ему любовь и преданность. И раз семь на протяжении Пречистенки до Обухова переулка он ее выразил. Поцеловал в ботик, у Мертвого переулка, расчищая дорогу, диким воем так напугал какую-то даму, что она села на тумбу, раза два подвыл, чтобы поддержать жалость к себе.

Какой-то сволочной, под сибирского деланный кот-бродяга вынырнул из-за водосточной трубы и, несмотря на вьюгу, учуял краковскую. Пес Шарик свету невзвидел при мысли, что богатый чудак, подбирающий раненых псов в подворотне, чего доброго, и этого вора прихватит с собой, и придется делиться моссельпромовским изделием. Поэтому на кота он так лязгнул зубами, что тот с шипением, похожим на шипение дырявого шланга, взобрался по трубе до второго этажа.

Фр-р-р... гау... вон! Не напасешься Моссельпрома на всякую рвань, шляющуюся по Пречистенке!

Господин оценил преданность и у самой пожарной команды, у окошка, из которого слышалось приятное ворчание валторны, наградил пса вторым куском, поменьше, золотников на пять. Эх, чудак. Это он меня подманивает. Не беспокойтесь, я и сам никуда не уйду. За вами буду двигаться, куда ни прикажете.

— Фить-фить-фить, сюда!

В Обухов? Сделайте одолжение. Очень хорошо известен нам этот переулок.

— Фить-фить!

Сюда? С удово... Э, нет! Позвольте. Нет! Тут швейцар. А уж хуже этого ничего нет на свете. Во много раз опаснее дворника. Совершенно ненавистная порода. Гаже котов. Живодер в позументе!

— Да не бойся ты, иди!

— Здравия желаю, Филипп Филиппович.

— Здравствуйте, Федор.

Вот это личность! Боже мой, на кого же ты нанесла меня, собачья моя доля? Что это за такое лицо, которое может псов с улицы мимо швейцара вводить в дом жилищного товарищества? Посмотрите, этот подлец ни звука, ни движения. Правда, в глазах у него пасмурно, но в общем он равнодушен под околышем с золотыми галунами. Словно так и полагается. Уважает, господа, до чего уважает! Ну-с, а я с ним. Что, тронул? Выкуси. Вот бы тяпнуть за пролетарскую мозолистую ногу. За все издевательства вашего брата. Щеткой сколько раз ты морду уродовал мне, а?

— Иди, иди.

Понимаем, понимаем, не извольте беспокоиться. Куда вы, туда и мы. Вы только дорожку указывайте, а я уж не отстану, несмотря на отчаянный мой бок.

С лестницы вниз:

— Писем мне, Федор, не было?

Снизу на лестницу — почтительно:

— Никак нет, Филипп Филиппович. — Интимно вполголоса вдогонку: — А в третью квартиру жилтоварищей вселили.

Важный песий благотворитель круто обернулся на ступеньке и, перегнувшись через перила, в ужасе спросил:

— Ну-у?

Глаза его округлились и усы встали дыбом.

Швейцар снизу задрал голову, приложил ладошку к губам и подтвердил:

— Точно так. Целых четыре штуки.

— Бо-же мой! Воображаю, что теперь будет в квартире. Ну, и что же они?

— Да ничего-с!

— А Федор Павлович?

— За ширмами поехали и за кирпичом. Перегородки будут ставить.

— Черт знает что такое!

— Во все квартиры, Филипп Филиппович, будут вселять, кроме вашей. Сейчас собрание было, постановление вынесли, новое товарищество. А прежних в шею.

— Что делается! Ай-яй-яй... Фить-фить...

Иду-с, поспешаю. Бок, изволите ли видеть, дает себя знать. Разрешите лизнуть сапожок.

Галун швейцара скрылся внизу, на мраморной площадке повеяло теплом от труб, еще раз повернули, и вот бельэтаж.

Глава 2

Учиться читать совершенно ни к чему, когда мясо и так пахнет за версту. Тем не менее, ежели вы проживаете в Москве и хоть какие-нибудь мозги у вас в голове имеются, вы волей-неволей выучитесь грамоте, и притом безо всяких курсов. Из сорока тысяч московских псов разве уж какой-нибудь совершенный идиот не умеет сложить из букв слово «колбаса».

Шарик начал учиться по цветам. Лишь только исполнилось ему четыре месяца, по всей Москве развесили зелено-голубые вывески с надписью «М.С.П.О.

Мясная торговля». Повторяем, все это ни к чему, потому что и так мясо слышно. И путаница раз произошла: равняясь по голубоватому едкому цвету, Шарик, обоняние которого зашиб бензинным дымом мотор, вкатил вместо мясной в магазин электрических принадлежностей братьев Голубизнер на Мясницкой улице. Там, у братьев, пес отведал изолированной проволоки, а она будет почище извозчичьего кнута. Этот знаменитый момент и следует считать началом шариковского образования. Уже на тротуаре, тут же, Шарик начал соображать, что «голубой» не всегда означает «мясной», и, зажимая от жгучей боли хвост между задними лапами и воя, припомнил, что на всех мясных первой слева стоит золотая или рыжая раскоряка, похожая на санки, — «М».

Далее пошло еще успешнее. «А» он выучил в «Главрыбе» на углу Моховой, а потом уже «б» (подбегать ему было удобнее с хвоста слова «рыба», потому что при начале слова стоял милиционер).

Изразцовые квадратики, облицовывавшие угловые места в Москве, всегда и неизбежно означали «С-ы-р». Черный кран от самовара, возглавлявший слово, обозначал бывшего хозяина Чичкина, горы голландского красного, зверей-приказчиков, ненавидящих собак, опилки на полу и гнуснейший, дурно пахнущий бакштейн.

Если играли на гармонике, что было немногим лучше «милой Аиды», и пахло сосисками, первые буквы на белых плакатах чрезвычайно удобно складывались в слово «Неприли...», что означало: «Неприличными словами не выражаться и на чай не давать». Здесь порою винтом закипали драки, людей били кулаком по морде, правда, в редких случаях, псов же постоянно — салфетками или сапогами.

Если в окнах висели несвежие окорока ветчины и лежали мандарины — гау-гау... га...строномия. Если темные бутылки с плохой жидкостью... Ве-и — ви, нэ-а — вина... Елисеевы братья бывшие...

Неизвестный господин, притащивший пса к дверям своей роскошной квартиры, помещающейся в бельэтаже, позвонил, а пес тотчас поднял глаза на большую, черную с золотыми буквами карточку, висящую сбоку широкой, застекленной волнистым и розоватым стеклом двери. Три первых буквы он сложил сразу: пэ-ер-о — «Про...». Но дальше шла пузатая двубокая дрянь, неизвестно что обозначающая.

«Неужто пролетарий? — подумал Шарик с удивлением. — Быть этого не может». Он поднял нос кверху, еще раз обнюхал шубу и уверенно подумал: «Нет, здесь пролетарием и не пахнет. Ученое слово, а бог его знает, что оно значит».

За розовым стеклом вспыхнул неожиданный и радостный свет, еще более оттенив черную карточку. Дверь совершенно бесшумно распахнулась, и молодая красивая женщина в белом фартучке и кружевной наколочке предстала перед псом и господином. Первого из них обдало божественным теплом, и юбка женщины запахла, как ландыш.

«Вот это да. Это я понимаю», — подумал пес.

— Пожалуйте, господин Шарик, — иронически пригласил господин, и Шарик благоговейно пожаловал, вертя хвостом.

Великое множество предметов загромождало богатую переднюю. Тут же запомнилось зеркало до самого полу, немедленно отразившее второго истасканного и рваного Шарика, страшные оленьи рога в высоте, бесчисленные шубы и калоши и опаловый тюльпан с электричеством под потолком.

— Где же вы такого взяли, Филипп Филиппович? — улыбаясь, спрашивала женщина и помогала снимать тяжелую шубу на черно-бурой лисе с синеватой искрой. — Батюшки, до чего паршивый!

— Вздор говоришь. Где же он паршивый? — строго и отрывисто спрашивал господин.

По снятии шубы он оказался в черном костюме английского сукна, и на животе у него радостно и неярко засверкала золотая цепь.

— Погоди-ка, не вертись, фить... да не вертись, дурачок. Гм... Это не парши... да стой ты, черт... Гм... А-а! Это ожог. Какой же негодяй тебя обварил? А? Да стой ты смирно!

«Повар, каторжник. Повар!» — жалобными глазами молвил пес и слегка подвыл.

— Зина, — скомандовал господин, — в смотровую его сейчас же и мне халат!

Женщина посвистала, пощелкала пальцами, и пес, немного поколебавшись, последовал за ней. Они вдвоем попали в узкий, тускло освещенный коридор, одну лакированную дверь миновали, пришли в конец, а затем попали налево и оказались в темной комнате, которая мгновенно не понравилась псу своим зловещим запахом. Тьма щелкнула и превратилась в ослепительный день, причем со всех сторон засверкало, засияло и забелело.

«Э... нет... — мысленно взвыл пес, — извините, не дамся! Понимаю! О, черт бы взял их и с колбасой!

Это меня в собачью лечебницу заманили. Сейчас касторку заставят жрать и весь бок изрежут ножиками, а до него и так дотронуться нельзя!»

— Э, нет! Куда?! — закричала та, которую называли Зиной.

Пес извернулся, спружинился и вдруг ударил в дверь здоровым правым боком так, что хрястнуло по всей квартире. Потом, отлетев назад, закрутился на месте, как кубарь под кнутом, причем вывернул на пол белое ведро, из которого разлетелись комья ваты. Во время верчения кругом него порхали стены, уставленные шкафами с блестящими инструментами, запрыгал белый передник и искаженное женское лицо.

— Куда ты, черт лохматый?! — кричала отчаянно Зина. — Вот окаянный!

«Где у них черная лестница?..» — соображал пес. Он размахнулся и комком ударился наобум в стекло в надежде, что это вторая дверь. Туча осколков вылетела с громом и звоном, выпрыгнула пузатая банка с рыжей гадостью, которая мгновенно залила весь пол и завоняла. Настоящая дверь распахнулась.

— Стой! С-скотина! — кричал господин, прыгая в халате, надетом в один рукав, и хватая пса за ноги. — Зина, держи его за шиворот, мерзавца!

— Ба... Батюшки!.. Вот так пес!

Еще шире распахнулась дверь, и ворвалась еще одна личность мужского пола в халате. Давя битые стекла, она кинулась не ко псу, а к шкафу, раскрыла его, и всю комнату наполнило сладким и тошным запахом. Затем личность навалилась на пса сверху животом, причем пес с увлечением тяпнул ее повыше шнурков на ботинке. Личность охнула, но не потерялась. Тошнотворная мерзость неожиданно перехватила дыхание пса, и в голове у него завертелось, потом ноги отвалились и он поехал куда-то криво и вбок.

«Спасибо, кончено, — мечтательно думал он, валясь прямо на острые стекла, — прощай, Москва! Не видать мне больше Чичкина и пролетариев и краковской колбасы! Иду в рай за собачье долготерпение. Братцы живодеры, за что ж вы меня?»

И тут он окончательно завалился на бок и издох.

Когда он воскрес, у него легонько кружилась голова и чуть-чуть тошнило в животе, бока же как будто и не было, бок сладостно молчал. Пес приоткрыл правый томный глаз и краем его увидал, что он туго забинтован поперек боков и живота. «Все-таки отделали, сукины дети, — подумал он смутно, — но ловко, надо отдать им справедливость».

— «От Севильи до Гренады... в тихом сумраке ночей», — запел над ним рассеянный и фальшивый голос.

Пес удивился, совсем открыл оба глаза, и в двух шагах увидал мужскую ногу на белом табурете. Штанина и кальсоны на ней были подвернуты, и голая желтая голень вымазана засохшей кровью и йодом.

«Угодники! — подумал пес. — Это, стало быть, я его кусанул, моя работа. Ну, будут драть!»

— «Р-раздаются серенады, раздается стук мечей!..» Ты зачем, бродяга, доктора укусил? А? Зачем стекло разбил? А?..

— У-у-у-у, — жалобно заскулил пес.

— Ну, ладно. Опомнился — и лежи, болван.

— Как это вам удалось, Филипп Филиппович, подманить такого нервного пса? — спросил приятный мужской голос, и триковые кальсоны откатились книзу. Запахло табаком, и в шкафу зазвенели склянки.

— Лаской-с. Единственным способом, который возможен в обращении с живым существом. Террором ничего поделать нельзя с животным, на какой бы ступени развития оно ни стояло. Это я утверждал, утверждаю и буду утверждать. Они напрасно думают, что террор им поможет. Нет-с, нет-с, не поможет, какой бы он ни был: белый, красный или даже коричневый! Террор совершенно парализует нервную систему. Зина! Я купил этому прохвосту краковской колбасы на один рубль сорок копеек. Потрудись накормить его, когда его перестанет тошнить.

Захрустели выметаемые стекла, и женский голос кокетливо заметил:

— Краковской! Господи, да ему обрезков нужно было купить на двугривенный в мясной. Краковскую колбасу я сама лучше съем.

— Только попробуй! Я тебе съем! Это отрава для человеческого желудка. Взрослая девушка, а, как ребенок, тащит в рот всякую гадость. Не сметь! Предупреждаю, ни я, ни доктор Борменталь не будем с тобой возиться, когда у тебя живот схватит. «Всех, кто скажет, что другая здесь сравняется с тобой!..»

Мягкие дробные звоночки сыпались в это время по всей квартире, а в отдалении из передней то и дело слышались голоса. Звенел телефон. Зина исчезла.

Филипп Филиппович бросил окурок папиросы в ведро, застегнул халат, перед зеркальцем на стене расправил пушистые усы и окликнул пса:

— Фить, фить... ну, нечего, нечего! Идем принимать.

Пес поднялся на нетвердые ноги, покачался и подрожал, но быстро оправился и пошел следом за развевающейся полой Филиппа Филипповича. Опять пес пересек узкий коридор, но теперь увидал, что он ярко освещен сверху розеткой. Когда же открылась лакированная дверь, он вошел с Филиппом Филипповичем в кабинет, и тот ослепил пса своим убранством. Прежде всего он весь полыхал светом; горело под лепным потолком, горело на столе, горело на стене, в стеклах шкафов. Свет заливал целую бездну предметов, из которых самым занятным оказалась громаднейшая сова, сидящая на стене на суку.

— Ложись, — приказал Филипп Филиппович.

Противоположная резная дверь открылась, вошел тот тяпнутый, оказавшийся теперь, в ярком свете, очень красивым, молодым, с черной острой бородкой, подал лист, молвив:

— Прежний... — тотчас бесшумно исчез, а Филипп Филиппович, распростерши полы халата, сел за громадный письменный стол и сразу сделался необыкновенно важным и представительным.

«Нет, это не лечебница... куда-то в другое место я попал, — в смятении подумал пес и привалился на ковровый узор у тяжелого кожаного дивана, — а сову эту мы разъясним...»

Дверь мягко открылась, и вошел некто, настолько поразивший пса, что он тявкнул, но очень робко.

— Молчать! Ба-ба-ба! Да вас узнать нельзя, голубчик!

Вошедший очень почтительно и смущенно поклонился Филиппу Филипповичу.

— Хи-хи... Вы — маг и чародей, профессор, — сконфуженно вымолвил он.

— Снимайте штаны, голубчик, — скомандовал Филипп Филиппович и поднялся.

«Господи Исусе, — подумал пес, — вот так фрукт!»

На голове у фрукта росли совершенно зеленые волосы, а на затылке они отливали ржавым табачным цветом. Морщины расползались по лицу у фрукта, но цвет лица был розовый, как у младенца. Левая нога не сгибалась, ее приходилось волочить по ковру, зато правая прыгала, как у детского щелкуна. На борту великолепнейшего пиджака, как глаз, торчал драгоценный камень.

От интереса у пса даже прошла тошнота.

— Тяу, тяу... — он легонько потявкал.

— Молчать! Как сон, голубчик?

— Хе-хе... Мы одни, профессор? Это неописуемо, — конфузливо заговорил посетитель. — Пароль д'оннёр[1], двадцать пять лет ничего подобного! — Субъект взялся за пуговицу брюк. — Верите ли, профессор, каждую ночь обнаженные девушки стаями... Я положительно очарован. Вы — кудесник!

— Хм, — озабоченно хмыкнул Филипп Филиппович, всматриваясь в зрачки гостя.

Тот совладал наконец с пуговицами и снял полосатые брюки. Под ними оказались не виданные никогда кальсоны. Они были кремового цвета, с вышитыми на них шелковыми черными кошками, и пахли духами.

---

[1] Честное слово (*фр.*).

Пес не вынес кошек и гавкнул так, что субъект подпрыгнул.

— Ай!

— Я тебя выдеру! Не бойтесь, он не кусается.

«Я не кусаюсь?..» — удивился пес.

Из кармана брюк вошедший выронил на ковер маленький конвертик, на котором была изображена красавица с распущенными волосами. Субъект подпрыгнул, наклонился, подобрал ее и густо покраснел.

— Вы, однако, смотрите, — предостерегающе и хмуро сказал Филипп Филиппович, грозя пальцем, — вы все-таки смотрите не злоупотребляйте!

— Я не зло... — смущенно забормотал субъект, продолжая раздеваться, — я, дорогой профессор, только в виде опыта...

— Ну и что же, какие результаты? — строго спросил Филипп Филиппович.

Субъект в экстазе махнул рукой.

— Двадцать пять лет, клянусь богом, профессор, ничего подобного! Последний раз в 1899 году в Париже на Рю-де-ла-Пе.

— А почему вы позеленели?

Лицо пришельца затуманилось.

— Проклятая «Жиркость»[1]! Вы не можете себе представить, профессор, что эти бездельники подсунули мне вместо краски. Вы только поглядите, — бормотал субъект, ища глазами зеркало, — ведь это же ужасно! Им морду нужно бить, — свирепея, добавил он. — Что же мне теперь делать, профессор? — спросил он плаксиво.

---

[1] Трест по изготовлению косметических средств. (*Ред.*)

— Хм... Обрейтесь наголо.

— Профессор! — жалобно восклицал посетитель. — Да ведь они же опять седые вырастут! Кроме того, мне на службу носа нельзя будет показать, я и так уже третий день не езжу. Приходит машина, я ее отпускаю. Эх, профессор, если б вы открыли способ, чтобы и волосы омолаживать!

— Не сразу, не сразу, мой дорогой! — бормотал Филипп Филиппович. Наклоняясь, он блестящими глазками исследовал голый живот пациента. — Ну, что ж, прелестно, все в полном порядке... Я даже не ожидал, сказать по правде, такого результата... «Много крови, много песен!..» Одевайтесь, голубчик!

— «Я же той, кто всех прелестней!..» — дребезжащим, как сковорода, голосом подпел пациент и, сияя, стал одеваться. Приведя себя в порядок, он, подпрыгивая и распространяя запах духов, отсчитал Филиппу Филипповичу пачку белых денег и нежно стал жать ему обе руки.

— Две недели можете не показываться, — сказал Филипп Филиппович, — но все-таки, прошу вас, будьте осторожны.

— Профессор, — из-за двери в экстазе воскликнул гость, — будьте совершенно спокойны! — Он сладостно хихикнул и пропал.

Рассыпной звоночек пролетел по квартире, лакированная дверь открылась, вошел тяпнутый, вручил Филиппу Филипповичу листок и заявил:

— Годы показаны неправильно. Вероятно, 54—55. Тоны сердца глуховаты.

Он исчез и сменился шуршащей дамой в лихо заломленной набок шляпе и со сверкающим колье на вялой и жеваной шее. Страшные черные мешки сидели у нее под глазами, а щеки были кукольно-румяного цвета.

Она очень сильно волновалась.

— Сударыня! Сколько вам лет? — очень сурово спросил ее Филипп Филиппович.

Дама испугалась и даже побледнела под коркою румян.

— Я, профессор... Клянусь, если бы вы знали, какая у меня драма...

— Лет вам сколько, сударыня? — еще суровее повторил Филипп Филиппович.

— Честное слово... ну, сорок пять.

— Сударыня, — возопил Филипп Филиппович, — меня ждут! Не задерживайте, пожалуйста, вы же не одна!

Грудь дамы бурно вздымалась.

— Я вам одному, как светилу науки, но клянусь, это такой ужас...

— Сколько вам лет? — яростно и визгливо спросил Филипп Филиппович, и очки его блеснули.

— Пятьдесят один, — корчась от страху, ответила дама.

— Снимайте штаны, сударыня, — облегченно молвил Филипп Филиппович и указал на высокий белый эшафот в углу.

— Клянусь, профессор, — бормотала дама, дрожащими пальцами расстегивая какие-то кнопки на поясе, — этот Мориц... я вам признаюсь как на духу...

— «От Севильи до Гренады...» — рассеянно запел Филипп Филиппович и нажал педаль в мраморном умывальнике. Зашумела вода.

— Богом клянусь! — говорила дама, и живые пятна сквозь искусственные продирались на ее щеках. — Я знаю, что это моя последняя страсть... Ведь это такой негодяй! О, профессор! Он карточный шулер, это знает вся Москва. Он не может пропустить ни одной гнусной модистки. Ведь он так дьявольски молод! — Дама бормотала и выбрасывала из-под шумящих юбок скомканный кружевной клок.

Пес совершенно затуманился, и все в голове пошло у него кверху ногами.

«Ну вас к черту, — мутно подумал он, положил голову на лапы и задремал от стыда, — и стараться не буду понять, что это за штука, все равно не пойму».

Очнулся он от звона и увидел, что Филипп Филиппович швырнул в таз какие-то сияющие трубки.

Пятнистая дама, прижимая руки к груди, с надеждой глядела на Филиппа Филипповича. Тот важно нахмурился и, сев за стол, что-то записал.

— Я вам, сударыня, вставлю яичники обезьяны, — объявил он и посмотрел строго.

— Ах, профессор, неужели обезьяны?

— Да, — непреклонно ответил Филипп Филиппович.

— Когда же операция? — бледнея, слабым голосом спрашивала дама.

— «От Севильи до Гренады...» угум... В понедельник. Ляжете в клинику с утра, мой ассистент приготовит вас.

— Ах, я не хочу в клинику. Нельзя ли у вас, профессор?

— Видите ли, у себя я делаю операции лишь в крайних случаях. Это будет стоить очень дорого — пятьдесят червонцев.

— Я согласна, профессор!

Опять загремела вода, колыхнулась шляпа с перьями, потом появилась какая-то лысая, как тарелка, голова и обняла Филиппа Филипповича. Пес дремал, тошнота прошла, пес наслаждался утихшим боком и теплом, даже всхрапнул и успел увидать кусочек приятного сна: будто бы он вырвал у совы целый пук перьев из хвоста... Потом взволнованный голос тявкнул над головой:

— Я — известный общественный деятель, профессор! Что же теперь делать?

— Господа! — возмущенно кричал Филипп Филиппович. — Нельзя же так! Нужно сдерживать себя! Сколько ей лет?

— Четырнадцать, профессор... Вы понимаете, огласка погубит меня. На днях я должен получить командировку в Лондон...

— Да ведь я же не юрист, голубчик... Ну, подождите два года и женитесь на ней.

— Женат я, профессор!

— Ах, господа, господа!..

Двери открывались, сменялись лица, гремели инструменты в шкафу, и Филипп Филиппович работал не покладая рук.

«Похабная квартирка, — думал пес, — но до чего хорошо! А на какого черта я ему понадобился? Неужели же жить оставит? Вот чудак! Да ведь ему только глазом мигнуть, он таким бы псом обзавелся, что ахнуть! А может, я и красивый. Видно, мое счастье! А сова эта дрянь. Наглая».

Окончательно пес очнулся глубоким вечером, когда звоночки прекратились, и как раз в то мгновенье, когда дверь впустила особенных посетителей. Их было сразу четверо. Все молодые люди, и все одеты очень скромно.

«Этим что нужно?» — неприязненно и удивленно подумал пес. Гораздо более неприязненно встретил гостей Филипп Филиппович. Он стоял у письменного стола и смотрел на них, как полководец на врагов. Ноздри его ястребиного носа раздувались. Вошедшие потоптались на ковре.

— Мы к вам, профессор, — заговорил тот из них, у кого на голове возвышалась на четверть аршина копна густейших вьющихся черных волос, — вот по какому делу...

— Вы, господа, напрасно ходите без калош в такую погоду, — перебил его наставительно Филипп Филиппович, — во-первых, вы простудитесь, а во-вторых, вы наследили мне на коврах, а все ковры у меня персидские.

Тот, с копной, умолк, и все четверо в изумлении уставились на Филиппа Филипповича. Молчание продолжалось несколько секунд, и прерывал его лишь стук пальцев Филиппа Филипповича по расписному деревянному блюду на столе.

— Во-первых, мы не господа, — молвил наконец самый юный из четверых — персикового вида.

— Во-первых, — перебил и его Филипп Филиппович, — вы мужчина или женщина?

Четверо вновь смолкли и открыли рты. На этот раз опомнился первым тот, с копной.

— Какая разница, товарищ? — спросил он горделиво.

— Я — женщина, — признался персиковый юноша в кожаной куртке и сильно покраснел. Вслед за ним покраснел почему-то густейшим образом один из вошедших — блондин в папахе.

— В таком случае вы можете оставаться в кепке, а вас, милостивый государь, попрошу снять ваш головной убор, — внушительно сказал Филипп Филиппович.

— Я не «милостивый государь», — смущенно пробормотал блондин, снимая папаху.

— Мы пришли к вам, — вновь начал черный с копной.

— Прежде всего, кто это «мы»?

— Мы — новое домоуправление нашего дома, — в сдержанной ярости заговорил черный. — Я — Швондер, она — Вяземская, он — товарищ Пеструхин и Жаровкин. И вот мы...

— Это вас вселили в квартиру Федора Павловича Саблина?

— Нас, — ответил Швондер.

— Боже! Пропал калабуховский дом! — в отчаянии воскликнул Филипп Филиппович и всплеснул руками.

— Что вы, профессор, смеетесь? — возмутился Швондер.

— Какое там смеюсь! Я в полном отчаянии, — крикнул Филипп Филиппович, — что ж теперь будет с паровым отоплением!

— Вы издеваетесь, профессор Преображенский!

— По какому делу вы пришли ко мне, говорите как можно скорее, я сейчас иду обедать.

— Мы — управление дома, — с ненавистью заговорил Швондер, — пришли к вам после общего собрания жильцов нашего дома, на котором стоял вопрос об уплотнении квартир дома.

— Кто на ком стоял? — крикнул Филипп Филиппович. — Потрудитесь излагать ваши мысли яснее.

— Вопрос стоял об уплотнении...

— Довольно! Я понял! Вам известно, что постановлением от двенадцатого сего августа моя квартира освобождена от каких бы то ни было уплотнений и переселений?

— Известно, — ответил Швондер, — но общее собрание, рассмотрев ваш вопрос, пришло к заключению, что в общем и целом вы занимаете чрезмерную площадь. Совершенно чрезмерную. Вы один живете в семи комнатах.

— Я один живу и работаю в семи комнатах, — ответил Филипп Филиппович, — и желал бы иметь восьмую. Она мне необходима под библиотеку.

Четверо онемели.

— Восьмую? Э-хе-хе, — проговорил блондин, лишенный головного убора, — однако это здо-о-рово!

— Это неописуемо! — воскликнул юноша, оказавшийся женщиной.

— У меня приемная, заметьте, она же библиотека, столовая, мой кабинет — три! Смотровая — четыре. Операционная — пять. Моя спальня — шесть, и комната прислуги — семь. В общем, не хватает... Да, впрочем, это неважно. Моя квартира свободна, и разговору конец. Могу я идти обедать?

— Извиняюсь, — сказал четвертый, похожий на крепкого жука.

— Извиняюсь, — перебил его Швондер, — вот именно по поводу столовой и смотровой мы и пришли говорить. Общее собрание просит вас добровольно, в порядке трудовой дисциплины, отказаться от столовой. Столовых ни у кого нет в Москве.

— Даже у Айседоры Дункан! — звонко крикнула женщина.

С Филиппом Филипповичем что-то сделалось, вследствие чего его лицо нежно побагровело, но он не произнес ни одного звука, выжидая, что будет дальше.

— И от смотровой также, — продолжал Швондер, — смотровую прекрасно можно соединить с кабинетом.

— Угу, — молвил Филипп Филиппович каким-то странным голосом, — а где же я должен принимать пищу?

— В спальне, — хором ответили все четверо.

Багровость Филиппа Филипповича приняла несколько сероватый оттенок.

— В спальне принимать пищу, — заговорил он немного придушенным голосом, — в смотровой читать, в приемной одеваться, оперировать в комнате прислуги, а в столовой осматривать?! Очень возможно, что Айседора Дункан так и делает. Может быть, она в кабинете обедает, а кроликов режет в ванной. Может быть. Но я не Айседора Дункан!! — вдруг рявкнул он, и багровость его стала желтой. — Я буду обедать в столовой, а оперировать в операционной! Передайте это общему собранию, и покорнейше прошу вас вернуться к вашим делам, а мне предоставить возможность принять пищу там, где ее принимают все нормальные люди, то есть в столовой, а не в передней и не в детской.

— Тогда, профессор, ввиду вашего упорного противодействия, — сказал взволнованный Швондер, — мы подаем на вас жалобу в высшие инстанции.

— Ага, — молвил Филипп Филиппович, — так? — Голос его принял подозрительно вежливый оттенок. — Одну минутку попрошу вас подождать.

«Вот это парень, — в восторге подумал пес, — весь в меня. Ох, тяпнет он их сейчас, ох, тяпнет! Не знаю еще, каким способом, но так тяпнет!.. Бей их! Этого голенастого сейчас взять повыше сапога за подколенное сухожилие... р-р-р!..»

Филипп Филиппович, стукнув, снял трубку с телефона и сказал в нее так:

— Пожалуйста... да... благодарю вас. Виталия Александровича попросите, пожалуйста. Профессор Преображенский. Виталий Александрович? Очень рад, что вас застал. Благодарю вас, здоров. Виталий Александрович, ваша операция отменяется. Что? Нет, совсем отменяется, равно как и все остальные операции. Вот почему: я прекращаю работу в Москве и вообще в России... Сейчас ко мне вошли четверо, из них — одна женщина, переодетая мужчиной, и двое, вооруженные револьверами, и терроризовали меня в квартире с целью отнять часть ее...

— Позвольте, профессор, — начал Швондер, меняясь в лице.

— Извините... У меня нет возможности повторить все, что они говорили, я не охотник до бессмыслиц. Достаточно сказать, что они предложили мне отказаться от моей смотровой, другими словами, поставили меня в необходимость оперировать вас там, где я до сих пор резал кроликов. В таких условиях я не только не могу, но и не имею права работать. Поэтому я прекращаю деятельность, закрываю квартиру и уезжаю в Сочи. Ключ могу передать Швондеру, пусть он оперирует.

Четверо застыли. Снег таял у них на сапогах.

— Что же делать?.. Мне самому очень неприятно... Как? О нет, Виталий Александрович! О нет! Больше я так не согласен. Терпение мое лопнуло. Это уже второй случай с августа месяца. Как? Гм... Как угодно. Хотя бы... Но только одно условие: кем угодно, что угодно, когда угодно, но чтобы это была такая бумажка, при наличности которой ни Швондер, ни ктолибо иной не мог бы даже подойти к дверям моей квартиры. Окончательная бумажка. Фактическая. Настоящая. Броня. Чтобы мое имя даже не упоминалось. Кончено. Я для них умер. Да, да. Пожалуйста. Кем? Ага... Ну, это другое дело. Ага. Хорошо. Сейчас передаю трубку. Будьте любезны, — змеиным голосом обратился Филипп Филиппович к Швондеру, — сейчас с вами будут говорить.

— Позвольте, профессор, — сказал Швондер, то вспыхивая, то угасая, — вы извратили наши слова.

— Попрошу вас не употреблять таких выражений.

Швондер растерянно взял трубку и молвил:

— Я слушаю. Да... председатель домкома... Мы же действовали по правилам... так у профессора и так совершенно исключительное положение... Мы знаем об его работах... целых пять комнат хотели оставить ему... ну, хорошо... раз так... хорошо...

Совершенно красный, он повесил трубку и повернулся.

«Как оплевал! Ну и парень! — восхищенно подумал пес. — Что он, слово, что ли, такое знает? Ну, теперь можете меня бить, как хотите, а отсюда я не уйду!»

Трое, открыв рты, смотрели на оплеванного Швондера.

— Это какой-то позор... — несмело вымолвил тот.

— Если бы сейчас была дискуссия, — начала женщина, волнуясь и загораясь румянцем, — я бы доказала Виталию Александровичу...

— Виноват, вы не сию минуту хотите открыть эту дискуссию? — вежливо спросил Филипп Филиппович.

Глаза женщины загорелись.

— Я понимаю вашу иронию, профессор, мы сейчас уйдем... Только... Я, как заведующий культотделом дома...

— За-ве-дующая, — поправил ее Филипп Филиппович.

— ...хочу предложить вам, — тут женщина из-за пазухи вытащила несколько ярких и мокрых от снега журналов, — взять несколько журналов в пользу детей Франции. По полтиннику штука.

— Нет, не возьму, — кротко ответил Филипп Филиппович, покосившись на журналы.

Совершенное изумление выразилось на лицах, а женщина покрылась клюквенным налетом.

— Почему же вы отказываетесь?

— Не хочу.

— Вы не сочувствуете детям Франции?

— Нет, сочувствую.

— Жалеете полтинник?

— Нет.

— Так почему же?

— Не хочу.

Помолчали.

— Знаете ли, профессор, — заговорила девушка, тяжело вздохнув, — если бы вы не были европейским светилом и за вас не заступались бы самым возмутительным образом (блондин дернул ее за край куртки, но она отмахнулась) лица, которых, я уверена, мы еще разъясним, вас следовало бы арестовать!

— А за что? — с любопытством спросил Филипп Филиппович.

— Вы ненавистник пролетариата, — горячо сказала женщина.

— Да, я не люблю пролетариата, — печально согласился Филипп Филиппович и нажал кнопку. Где-то прозвенело. Открылась дверь в коридор.

— Зина! — крикнул Филипп Филиппович. — Подавай обед. Вы позволите, господа?

Четверо молча вышли из кабинета, молча прошли приемную, молча — переднюю, и слышно было, как за ними закрылась тяжело и звучно парадная дверь.

Пес встал на задние лапы и сотворил перед Филиппом Филипповичем какой-то намаз.

Глава 3

На разрисованных райскими цветами тарелках с черной широкой каймою лежала тонкими ломтиками нарезанная семга, маринованные угри. На тяжелой доске — кусок сыру в слезах и в серебряной кадушке, обложенной снегом, — икра. Меж тарелками — несколько тоненьких рюмочек и три хрустальных графинчика с разноцветными водками. Все эти предметы помещались на маленьком мраморном столике, уютно присоседившемся у громадного резного дуба буфета, изрыгавшего пучки стеклянного и серебряного света. Посредине комнаты тяжелый, как гробница, стол, накрытый белой скатертью, а на ней два прибора, салфетки, свернутые в виде папских тиар, и три темных бутылки.

Зина внесла серебряное крытое блюдо, в котором что-то ворчало. Запах от блюда шел такой, что рот пса немедленно наполнился жидкой слюной. «Сады Семирамиды!» — подумал он и застучал, как палкой, по паркету хвостом.

— Сюда их! — хищно скомандовал Филипп Филиппович. — Доктор Борменталь, умоляю вас, оставьте икру в покое! И, если хотите послушаться доброго совета, налейте не английской, а обыкновенной русской водки.

Красавец-тяпнутый (он был уже без халата, в приличном черном костюме) передернул широкими плечами, вежливо ухмыльнулся и налил прозрачной водки.

— Новоблагословенная? — осведомился он.

— Бог с вами, голубчик, — отозвался хозяин. — Это спирт. Дарья Петровна сама отлично готовит водку.

— Не скажите, Филипп Филиппович, все утверждают, что очень приличная. Тридцать градусов.

— А водка должна быть в сорок градусов, а не в тридцать, — это во-первых, — наставительно перебил Филипп Филиппович, — а во-вторых, бог их знает, чего они туда плеснули. Вы можете сказать, что им придет в голову?

— Все, что угодно, — уверенно молвил тяпнутый.

— И я того же мнения, — добавил Филипп Филиппович и вышвырнул одним комком содержимое рюмки себе в горло, — э... мм... доктор Борменталь, умоляю вас: мгновенно эту штучку, и, если вы скажете, что это плохо, я ваш кровный враг на всю жизнь! «От Севильи до Гренады...»

Сам он с этими словами подцепил на лапчатую серебряную вилку что-то похожее на маленький темный хлебик. Укушенный последовал его примеру. Глаза Филиппа Филипповича засветились.

— Это плохо? — жуя, спрашивал Филипп Филиппович. — Плохо? Вы ответьте, уважаемый доктор.

— Это бесподобно, — искренно ответил тяпнутый.

— Еще бы... Заметьте, Иван Арнольдович: холодными закусками и супом закусывают только недорезанные большевиками помещики. Мало-мальски уважающий себя человек оперирует закусками горячими. А из горячих московских закусок это — первая. Когда-то их великолепно приготовляли в «Славянском базаре». На, получай!

— Пса в столовой прикармливаете, — раздался женский голос, — а потом его отсюда калачом не выманишь.

— Ничего... Он, бедняга, наголодался. — Филипп Филиппович на конце вилки подал псу закуску, принятую тем с фокусной ловкостью, и вилку с грохотом свалил в полоскательницу.

Засим от тарелок подымался пахнущий раками пар, пес сидел в тени скатерти с видом часового у порохового склада, а Филипп Филиппович, заложив хвост тугой салфетки за воротничок, проповедовал:

— Еда, Иван Арнольдович, штука хитрая. Есть нужно уметь, и представьте, большинство людей вовсе есть не умеет. Нужно не только знать, что съесть, но и когда и как. (Филипп Филиппович многозначительно потряс ложкой.) И что при этом говорить, да-с! Если вы заботитесь о своем пищеварении, вот добрый совет: не говорите за обедом о большевизме и о медицине. И, боже вас сохрани, не читайте до обеда советских газет!

— Гм... Да ведь других же нет.

— Вот никаких и не читайте. Вы знаете, я произвел тридцать наблюдений у себя в клинике. И что же вы думаете? Пациенты, не читающие газет, чувствовали себя превосходно. Те же, которых я специально заставлял читать «Правду», теряли в весе!

— Гм?.. — с интересом отозвался тяпнутый, розовея от супа и вина.

— Мало этого! Пониженные коленные рефлексы, скверный аппетит, угнетенное состояние духа.

— Вот черт!..

— Да-с. Впрочем, что же это я? Сам же заговорил о медицине. Будемте лучше есть.

Филипп Филиппович, откинувшись, позвонил, и в вишневой портьере появилась Зина. Псу достался бледный и толстый кусок осетрины, которая ему не понравилась, а непосредственно за этим — ломоть окровавленного ростбифа. Слопав его, пес вдруг почувствовал, что он хочет спать и больше не может видеть никакой еды. «Странное ощущение, — думал он, захлопывая отяжелевшие веки, — глаза бы мои не смотрели ни на какую пищу. А курить после обеда — это глупость...»

Столовая наполнилась неприятным синим сигарным дымом. Пес дремал, уложив голову на передние лапы.

— «Сен-Жюльен» — приличное вино, — сквозь сон слышал пес, — но только ведь теперь же его нету.

Глухой, смягченный потолками и коврами хорал донесся откуда-то сверху и сбоку.

Филипп Филиппович позвонил, и пришла Зина.

— Зинуша, что это такое означает?

— Опять общее собрание сделали, Филипп Филиппович, — ответила Зина.

— Опять! — горестно воскликнул Филипп Филиппович. — Ну, теперь, стало быть, пошло! Пропал калабуховский дом! Придется уезжать, но куда, спрашивается? Все будет как по маслу. Вначале каждый вечер пение, затем в сортирах замерзнут трубы, потом лопнет котел в паровом отоплении, и так далее. Крышка Калабухову!

— Убивается Филипп Филиппович, — заметила, улыбаясь, Зина и унесла груду тарелок.

— Да ведь как же не убиваться?! — возопил Филипп Филиппович. — Ведь это какой дом был! Вы поймите!

— Вы слишком мрачно смотрите на вещи, Филипп Филиппович, — возразил красавец-тяпнутый, — они теперь резко изменились.

— Голубчик, вы меня знаете? Не правда ли? Я — человек фактов, человек наблюдения. Я — враг необоснованных гипотез. И это очень хорошо известно не только в России, но и в Европе. Если я что-нибудь говорю, значит, в основе лежит некий факт, из которого я делаю вывод. И вот вам факт: вешалки и калошная стойка в нашем доме.

— Это интересно...

«Ерунда — калоши, не в калошах счастье, — думал пес, — но личность выдающаяся».

— Не угодно ли — калошная стойка. С тысяча девятьсот третьего года я живу в этом доме. И вот в течение времени до апреля тысяча девятьсот семнадцатого года не было ни одного случая — подчеркиваю красным карандашом «ни одного»! — чтобы из нашего парадного внизу, при общей незапертой двери, пропала бы хоть одна пара калош. Заметьте, здесь двенадцать квартир, у меня прием. В апреле семнадцатого года в один прекрасный день пропали все калоши, в том числе две пары моих, три палки, пальто и самовар у швейцара. И с тех пор калошная стойка прекратила свое существование. Голубчик! Я не говорю уже о паровом отоплении! Не говорю! Пусть. Раз социальная революция, не нужно топить! Хотя когда-нибудь, если будет свободное время, я займусь исследованием мозга и докажу, что вся эта социальная кутерьма — просто-напросто больной бред... Так я говорю: почему, когда началась вся эта история, все стали ходить в грязных калошах и валенках по мраморной лестнице? Почему калоши до сих пор нужно запирать под замок и еще приставлять к ним солдата, чтобы кто-либо их не стащил? Почему убрали ковер с парадной лестницы? Разве Карл Маркс запрещает держать на лестнице ковры? Где-нибудь у Карла Маркса сказано, что второй подъезд калабуховского дома на Пречистенке следует забить досками и ходить кругом через черный двор? Кому это нужно? Угнетенным неграм? Или португальским рабочим? Почему пролетарий не может оставить свои калоши внизу, а пачкает мрамор?

— Да у него ведь, Филипп Филиппович, и вовсе нет калош... — заикнулся было тяпнутый.

— Нич-чего похожего! — громовым голосом ответил Филипп Филиппович и налил стакан вина. — Гм... Я не признаю ликеров после обеда, они тяжелят и скверно действуют на печень... Ничего подобного! На нем теперь есть калоши, и эти калоши... мои! Это как раз те самые калоши, которые исчезли тринадцатого апреля тысяча девятьсот семнадцатого года. Спрашивается, кто их попер? Я? Не может быть! Буржуй Саблин? (Филипп Филиппович ткнул пальцем в потолок.) Смешно даже предположить! Сахарозаводчик Полозов? (Филипп Филиппович указал вбок.) Ни в коем случае! Это сделали вот эти самые певуны! Да-с! Но хоть бы они их снимали на лестнице! (Филипп Филиппович начал багроветь.) Какого черта убрали цветы с площадок? Почему электричество, которое, дай бог памяти, потухало в течение двадцати лет два раза, в теперешнее время аккуратно гаснет раз в месяц? Доктор Борменталь! Статистика — жестокая вещь. Вам, знакомому с моей последней работой, это известно лучше, чем кому бы то ни было другому!

— Разруха, Филипп Филиппович!

— Нет, — совершенно уверенно возразил Филипп Филиппович, — нет. Вы первый, дорогой Иван Арнольдович, воздержитесь от употребления самого этого слова. Это — мираж, дым, фикция! — Филипп Филиппович широко растопырил короткие пальцы, отчего две тени, похожие на черепах, заерзали на скатерти. — Что такое эта ваша разруха? Старуха с клюкой? Ведьма, которая выбила все стекла, потушила все лампы? Да ее вовсе не существует! Что вы подразумеваете под этим словом? — яростно спросил Филипп Филиппович у несчастной картонной утки, висящей кверху ногами рядом с буфетом, и сам же ответил за нее: — Это вот что: если я, вместо того чтобы оперировать, каждый вечер начну у себя в квартире петь хором, у меня настанет разруха! Если я, ходя в уборную, начну, извините меня за выражение, мочиться мимо унитаза и то же самое будут делать Зина и Дарья Петровна, в уборной получится разруха. Следовательно, разруха сидит не в клозетах, а в головах! Значит, когда эти баритоны кричат: «Бей разруху!», я смеюсь. (Лицо Филиппа Филипповича перекосило так, что тяпнутый открыл рот.) Клянусь вам, мне смешно! Это означает, что каждый из них должен лупить себя по затылку! И вот когда он вылупит из себя мировую революцию, Энгельса и Николая Романова, угнетенных малайцев и тому подобные галлюцинации, а займется чисткой сараев — прямым своим делом, — разруха исчезнет сама собой. Двум богам нельзя служить! Невозможно в одно и то же время подметать трамвайные пути и устраивать судьбы каких-то испанских оборванцев! Это никому не удастся, доктор, и тем более людям, которые, вообще отстав в развитии от европейцев лет на двести, до сих пор еще не совсем уверенно застегивают собственные штаны!

Филипп Филиппович вошел в азарт, ястребиные ноздри его раздувались. Набравшись сил после сытного обеда, гремел он, подобно древнему пророку, и голова его сверкала серебром.

Его слова на сонного пса падали, точно глухой подземный гул. То сова с глупыми желтыми глазами выскакивала в сонном видении, то гнусная рожа палача в белом грязном колпаке, то лихой ус Филиппа Филипповича, освещенный резким электричеством из абажура, то сонные сани скрипели и пропадали, а в собачьем желудке варился, плавая в соку, истерзанный кусок ростбифа.

«Он бы прямо на митингах мог деньги зарабатывать, — мутно мечтал пес, — первоклассный деляга. Впрочем, у него и так, по-видимому, куры не клюют...»

— Городовой! — кричал Филипп Филиппович. — Городовой!! — «Угу-гу-гу-гу!» — какие-то пузыри лопались в мозгу пса... — Городовой! Это, и только это! И совершенно неважно, будет ли он с бляхой или же в красном кепи. Поставить городового рядом с каждым человеком и заставить этого городового умерить вокальные порывы наших граждан. Вы говорите — разруха! Я вам скажу, доктор, что ничто не изменится к лучшему в нашем доме, да и во всяком другом доме, до тех пор, пока не усмирите этих певцов! Лишь только они прекратят свои концерты, положение само изменится к лучшему!

— Контрреволюционные вещи вы говорите, Филипп Филиппович, — шутливо заметил тяпнутый, — не дай бог вас кто-нибудь услышит!

— Ничего опасного, — с жаром возразил Филипп Филиппович, — никакой контрреволюции! Кстати, вот еще слово, которое я совершенно не выношу! Абсолютно неизвестно, что под ним скрывается! Черт его знает! Так я говорю: никакой этой самой контрреволюции в моих словах нет. В них лишь здравый смысл и жизненная опытность...

Тут Филипп Филиппович вынул из-за воротничка хвост блестящей изломанной салфетки и, скомкав, положил ее рядом с недопитым стаканом красного вина. Укушенный тотчас поднялся и поблагодарил: «Мерси».

— Минутку, доктор! — приостановил его Филипп Филиппович, вынимая из кармана брюк бумажник. Он прищурился, отсчитал белые бумажки и протянул их укушенному со словами: — Сегодня вам, Иван Арнольдович, сорок рублей причитается. Прошу!

Пострадавший от пса вежливо поблагодарил и, краснея, засунул деньги в карман пиджака.

— Я сегодня вечером не нужен вам, Филипп Филиппович? — осведомился он.

— Нет, благодарю вас, голубчик. Ничего делать сегодня не будем. Во-первых, кролик издох, а во-вторых, сегодня в Большом «Аида». А я давно не слышал. Люблю... Помните дуэт... Тара... ра-рим...

— Как это вы успеваете, Филипп Филиппович? — с уважением спросил врач.

— Успевает всюду тот, кто никуда не торопится, — назидательно объяснил хозяин. — Конечно, если бы я начал прыгать по заседаниям и распевать целый день, как соловей, вместо того чтобы заниматься прямым своим делом, я бы никуда не поспел, — под пальцами Филиппа Филипповича в кармане небесно заиграл репетир, — начало девятого... ко второму акту приеду... Я сторонник разделения труда. В Большом пусть поют, а я буду оперировать. Вот и хорошо — и никаких разрух... Вот что, Иван Арнольдович, вы же следите внимательно, как только подходящая смерть, тотчас со стола в питательную жидкость и ко мне!

— Не беспокойтесь, Филипп Филиппович, — патологоанатомы мне обещали.

— Отлично. А мы пока этого уличного неврастеника понаблюдаем, обмоем. Пусть бок у него заживет...

«Обо мне заботится, — подумал пес, — очень хороший человек. Я знаю, кто это! Он — добрый волшебник, маг и кудесник из собачьей сказки... Ведь не может же быть, чтобы все это я видел во сне! А вдруг сон? (Пес во сне дрогнул.) Вот проснусь, и ничего нет. Ни лампы в шелку, ни тепла, ни сытости. Опять начнется подворотня, безумная стужа, оледеневший асфальт, голод, злые люди... Столовка, снег... Боже, как тяжко это будет!..»

Глава 4

Но ничего этого не случилось. Именно подворотня растаяла, как мерзкое сновидение, и более не вернулась.

Видно, уж не так страшна разруха! Невзирая на нее, дважды в день серые гармоники под подоконниками наливались жаром и тепло волнами расходилось по всей квартире.

Совершенно ясно: пес вытащил самый главный собачий билет. Глаза его теперь не менее двух раз в день заливались благодарными слезами по адресу пречистенского мудреца. Кроме того, все трюмо в гостиной-приемной между шкафами отражали удачливого красавца-пса.

«Я — красавец. Быть может, неизвестный собачий принц-инкогнито, — размышлял пес, глядя на лохматого кофейного пса с довольной мордой, разгуливающего в зеркальных далях, — очень возможно, что бабушка моя согрешила с водолазом. То-то, я смотрю, у меня на морде белое пятно. Откуда оно, спрашивается? Филипп Филиппович — человек с большим вкусом, не возьмет он первого попавшегося пса-дворника».

В течение недели пес сожрал столько же, сколько в полтора последних голодных месяца на улице. Но, конечно, только по весу. О качестве еды у Филиппа Филипповича и говорить не приходилось. Если даже не принимать во внимание того, что ежедневно Дарьей Петровной закупалась груда обрезков на Смоленском рынке на восемнадцать копеек, достаточно упомянуть обеды в семь часов вечера в столовой, на которых пес присутствовал, несмотря на протесты изящной Зины. Во время этих обедов Филипп Филиппович окончательно получил звание божества. Пес становился на задние лапы и жевал пиджак, пес изучил звонок Филиппа Филипповича — два полнозвучных отрывистых хозяйских удара — и вылетал с лаем встречать его в передней. Хозяин вваливался в черно-бурой лисе, сверкая миллионом снежных блесток, пахнущий мандаринами, сигарами, духами, лимонами, бензином, одеколоном, сукном, и голос его, как командная труба, разносился по всему жилищу:

— Зачем же ты, свинья, сову разорвал? Она тебе мешала? Мешала, я тебя спрашиваю? Зачем профессора Мечникова разбил?

— Его, Филипп Филиппович, нужно хлыстом отодрать хоть один раз, — возмущенно говорила Зина, — а то он совершенно избалуется. Вы поглядите, что он с вашими калошами сделал!

— Никого драть нельзя, — волновался Филипп Филиппович, — запомни это раз навсегда! На человека и на животное можно действовать только внушением! Мясо ему давали сегодня?

— Господи! Он весь дом обожрал! Что вы спрашиваете, Филипп Филиппович? Я удивляюсь, как он не лопнет!

— Ну и пусть ест на здоровье!.. Чем тебе помешала сова, хулиган?!

— У-у! — скулил пес-подлиза и полз на брюхе, вывернув лапы.

Затем его с гвалтом волокли за шиворот через приемную в кабинет. Пес подвывал, огрызался, цеплялся за ковер, ехал на заду, как в цирке. Посредине кабинета на ковре лежала стеклянноглазая сова с распоротым животом, из которого торчали какие-то красные тряпки, пахнущие нафталином. На столе валялся вдребезги разбитый портрет.

— Я нарочно не убирала, чтобы вы полюбовались, — расстроенно докладывала Зина, — ведь на стол вскочил, какой мерзавец! И за хвост ее — цап! Я опомниться не успела, как он ее всю истерзал! Мордой его потычьте, Филипп Филиппович, в сову, чтобы он знал, как вещи портить!

И начинался вой. Пса, прилипавшего к ковру, тащили тыкать в сову, причем пес заливался горькими слезами и думал: «Бейте, только из квартиры не выгоняйте!»

— Сову чучельнику отправить сегодня же. Кроме того, вот тебе восемь рублей и шестнадцать копеек на трамвай, съезди к Мюру, купи ему хороший ошейник с цепью.

На следующий день на пса надели широкий блещущий ошейник. В первый момент, поглядевшись в зеркало, он очень расстроился, поджал хвост и ушел в ванную комнату, размышляя, как бы ободрать его о сундук или ящик. Но очень скоро он понял, что он просто дурак. Зина повела его гулять на цепи. По Обухову переулку пес шел как арестант, сгорая от стыда, но, пройдя по Пречистенке до храма Христа, отлично сообразил, что значит в жизни ошейник. Бешеная зависть читалась в глазах у всех встречных псов, а у Мертвого переулка какой-то долговязый с обрубленным хвостом дворняга облаял его «барской сволочью» и «шестеркой». Когда пересекали трамвайные рельсы, милиционер поглядел на ошейник с удовольствием и уважением, а когда вернулись, произошло самое невиданное в жизни: Федор-швейцар собственноручно отпер переднюю дверь и впустил Шарика, Зине он при этом заметил:

— Ишь каким лохматым обзавелся Филипп Филиппович! И удивительно жирный.

— Еще бы! За шестерых лопает! — пояснила румяная и красивая от морозу Зина.

«Ошейник — все равно что портфель», — сострил мысленно пес и, виляя задом, проследовал в бельэтаж, как барин.

Оценив ошейник по достоинству, пес сделал первый визит в то главное отделение рая, куда до сих пор вход ему был категорически воспрещен, именно —

в царство поварихи Дарьи Петровны. Вся квартира не стоила и двух пядей Дарьиного царства. Всякий день в черной сверху и облицованной кафелем плите стреляло и бушевало пламя. Духовой шкаф потрескивал. В багровых столбах горело вечною огненной мукой и неутоленной страстью лицо Дарьи Петровны. Оно лоснилось и отливало жиром. В модной прическе на уши и с корзинкой светлых волос на затылке светились двадцать два поддельных бриллианта. По стенам на крюках висели золотые кастрюли, вся кухня громыхала запахами, клокотала и шипела в закрытых сосудах...

— Вон! — завопила Дарья Петровна. — Вон, беспризорный карманник! Тебя тут не хватало! Я тебя кочергой...

«Чего ты? Ну чего лаешься? — умильно щурил глаза пес. — Какой же я карманник? Ошейник вы разве не замечаете?» — и он боком лез в дверь, просовывая в нее морду.

Шарик-пес обладал каким-то секретом покорять сердца людей. Через два дня он уже лежал рядом с корзиной углей и смотрел, как работает Дарья Петровна. Острым и узким ножом она отрубала беспомощным рябчикам головы и лапки, затем, как яростный палач, с костей сдирала мякоть, из кур вырывала внутренности, что-то вертела в мясорубке. Шарик в это время терзал рябчикову голову. Из миски с молоком Дарья Петровна вытаскивала куски размокшей булки, смешивала их на доске с мясною кашицей, заливала все это сливками, посыпала солью и на доске лепила котлеты. В плите гудело, как на пожаре, а на сковороде ворчало, пузырилось и прыгало. Заслонка с громом отпрыгивала, обнаруживала страшный ад. Клокотало, лилось...

Вечером потухала пламенная пасть, в окне кухни, над белой половинной занавесочкой, стояла густая и важная пречистенская ночь с одинокой звездой. В кухне было сыро на полу, кастрюли сияли таинственно и тускло, на столе лежала пожарная фуражка. Шарик лежал на теплой плите, как лев на воротах, и, задрав от любопытства одно ухо вверх, глядел, как черноусый и взволнованный человек в широком кожаном поясе за полуприкрытой дверью в комнате Зины и Дарьи Петровны обнимал Дарью Петровну. Лицо у той горело мукой и страстью, все, кроме мертвенного напудренного носа. Щель света лежала на портрете черноусого, и пасхальный розан свисал с него.

— Как демон пристал... — бормотала в полумраке Дарья Петровна, — отстань. Зина сейчас придет. Что ты, чисто тебя тоже омолодили?

— Нам ни к чему, — плохо владея собою и хрипло отвечал черноусый. — До чего вы огненная...

Вечерами пречистенская звезда скрывалась за тяжкими шторами и, если в Большом театре не было «Аиды» и не было заседания Всероссийского хирургического общества, божество помещалось в кресле. Огней под потолком не было, горела только одна зеленая лампа на столе. Шарик лежал на ковре в тени и, не отрываясь, глядел на ужасные дела. В отвратительной едкой и мутной жиже в стеклянных сосудах лежали человеческие мозги. Руки божества, обнаженные по локоть, были в рыжих резиновых перчатках, и скользкие тупые пальцы копошились в извилинах. Временами божество вооружалось маленьким сверкающим ножиком и тихонько резало желтые упругие мозги.

— «К берегам священным Нила...» — тихонько напевало божество, закусывая губы и вспоминая золотую внутренность Большого театра. Трубы в этот час нагревались до высшей точки. Тепло от них поднималось к потолку, откуда расходилось по всей комнате, в песьей шубе оживала последняя, еще не вычесанная самим Филиппом Филипповичем, но уже обреченная блоха. Ковры глушили звуки в квартире. А потом далеко звенела входная дверь.

«Зинка в кинематограф пошла, — думал пес, — а как придет, ужинать, стало быть, будем. На ужин, надо полагать, телячьи отбивные».

И вот в этот ужасный день, еще утром, Шарика кольнуло предчувствие. Вследствие этого он вдруг заскучал и утренний завтрак — полчашки овсянки и вчерашнюю баранью косточку — съел без всякого аппетита. Он скучно прошелся в приемную и легонько подвыл там на свое собственное отражение. Но днем, после того как Зина сводила его погулять на бульвар, день пошел как обычно. Приема сегодня не было, потому, как известно, во вторник приема не бывает, и божество сидело в кабинете, развернув на столе какие-то тяжелые книги с пестрыми картинками. Ждали обеда. Пса несколько оживила мысль о том, что сегодня на третье блюдо, как он точно узнал на кухне, будет индейка. Проходя по коридору, пес услышал, как в кабинете Филиппа Филипповича неприятно и неожиданно прозвенел телефон. Филипп

Филиппович взял трубку, прислушался и вдруг взволновался.

— Отлично, — послышался его голос, — сейчас же везите, сейчас же!

Он засуетился, позвонил и вошедшей Зине приказал срочно подавать обед. Обед! Обед! Обед! В столовой тотчас застучали тарелками. Зина забегала, из кухни послышалась воркотня Дарьи Петровны, что индейка не готова. Пес опять почувствовал волнение.

«Не люблю кутерьмы в квартире», — раздумывал он. И только что он это подумал, как кутерьма приняла еще более неприятный характер. И прежде всего благодаря появлению тяпнутого некогда доктора Борменталя. Тот привез с собою дурно пахнущий чемодан и, даже не раздеваясь, устремился с ним через коридор в смотровую. Филипп Филиппович бросил недопитую чашку кофе, чего с ним никогда не случалось, и выбежал навстречу доктору Борменталю, чего с ним тоже никогда не бывало.

— Когда умер? — закричал он.

— Три часа назад, — ответил Борменталь, не снимая заснеженной шапки и расстегивая чемодан.

«Кто такое умер? — хмуро и недовольно подумал пес и сунулся под ноги, — терпеть не могу, когда мечутся».

— Уйди из-под ног! Скорей, скорей, скорей! — закричал Филипп Филиппович на все стороны и стал звонить во все звонки, как показалось псу.

Прибежала Зина.

— Зина! К телефону Дарью Петровну, записывать, никого не принимать! Ты нужна. Доктор Борменталь, умоляю вас, скорей, скорей!

«Не нравится мне. Не нравится». Пес обиженно нахмурился и стал шляться по квартире, а вся суета сосредоточилась в смотровой. Зина оказалась неожиданно в халате, похожем на саван, и начала летать из смотровой в кухню и обратно.

«Пойти, что ль, пожрать? Ну их в болото», — решил пес и вдруг получил сюрприз.

— Шарику ничего не давать! — загремела команда из смотровой.

— Усмотришь за ним, как же!

— Запереть!

И Шарика заманили и заперли в ванной.

«Хамство, — подумал Шарик, сидя в полутемной ванной комнате, — просто глупо...»

И около четверти часа он пробыл в ванной в странном настроении духа — то в злобе, то в каком-то тяжелом упадке. Все было скучно, неясно...

«Ладно, будете вы иметь калоши завтра, многоуважаемый Филипп Филиппович, — думал он, — две пары уже пришлось прикупить, и еще одну купите. Чтобы вы псов не запирали».

Но вдруг его яростную мысль перебило. Внезапно и ясно почему-то вспомнился кусок самой ранней юности, солнечный необъятный двор у Преображенской заставы, осколки солнца в бутылках, битый кирпич, вольные псы-побродяги...

«Нет, куда уж, ни на какую волю отсюда не уйдешь, зачем лгать, — тосковал пес, сопя носом, — привык. Я — барский пес, интеллигентное существо, отведал лучшей жизни. Да и что такое воля? Так, дым, мираж, фикция... Бред этих злосчастных демократов...»

Потом полутьма ванной стала страшной, он завыл, бросился на дверь, стал царапаться.

— У-у-у! — как в бочку, пролетело по квартире.

«Сову раздеру опять!» — бешено, но бессильно думал пес. Затем ослаб, полежал, а когда поднялся, шерсть на нем стала вдруг дыбом, почему-то в ванне померещились отвратительные волчьи глаза...

И в разгар муки дверь открыли. Пес вышел, отряхнувшись, и угрюмо собрался в кухню, но Зина за ошейник настойчиво повлекла его в смотровую. Холодок прошел у пса под сердцем.

«Зачем же я понадобился? — подумал он подозрительно. — Бок зажил. Ничего не понимаю».

И он поехал лапами по скользкому паркету и так был привезен в смотровую. В ней сразу поразило невиданное освещение. Белый шар под потолком сиял до того, что резало глаза. В белом сиянии стоял жрец и сквозь зубы напевал про священные берега Нила. Только по смутному запаху можно было узнать, что это Филипп Филиппович. Подстриженная его седина скрывалась под белым колпаком, напоминающим патриаршую скуфейку. Жрец был весь в белом, а поверх белого, как епитрахиль, был надет резиновый узкий фартук. Руки в черных перчатках.

В скуфейке оказался и тяпнутый. Длинный стол был раскинут, а сбоку придвинули маленький четырехугольный на блестящей ноге.

Пес здесь возненавидел больше всего тяпнутого — и больше всего за его сегодняшние глаза. Обычно смелые и прямые, ныне они бегали во все стороны от песьих глаз. Они были настороженные, фальшивые, и в глубине их таилось нехорошее, пакостное дело, если не целое преступление. Пес глянул на него тяжело и пасмурно и ушел в угол.

— Ошейник, Зина, — негромко молвил Филипп Филиппович, — только не волнуй его.

У Зины мгновенно стали такие же мерзкие глаза, как у тяпнутого. Она подошла к псу и явно фальшиво погладила его. Тот с тоскою и презрением поглядел на нее.

«Что же... вас трое. Возьмете, если захотите. Только стыдно вам... Хоть бы я знал, что будете делать со мной».

Зина отстегнула ошейник, пес помотал головой, фыркнул. Тяпнутый вырос перед ним, и скверный мутящий запах разлился от него.

«Фу, гадость... Отчего мне так мутно и страшно?» — подумал пес и попятился от тяпнутого.

— Скорее, доктор, — нетерпеливо молвил Филипп Филиппович.

Резко и сладко пахнуло в воздухе. Тяпнутый, не сводя с пса настороженных дрянных глаз, высунул из-за спины правую руку и быстро ткнул псу в нос ком влажной ваты. Шарик оторопел, в голове у него легонько закружилось, но он успел еще отпрянуть. Тяпнутый прыгнул за ним и вдруг залепил всю морду ватой. Тотчас же заперло дыхание, но еще раз пес успел вырваться. «Злодей... — мелькнуло в голове. — За что?» И еще раз облепили. Тут неожиданно посреди смотровой представилось озеро, а на нем в лодках очень веселые загробные небывалые розовые псы. Ноги лишились костей и согнулись.

— На стол! — веселым голосом бухнули где-то слова Филиппа Филипповича и расплылись в оранжевых струях. Ужас исчез, сменился радостью, секунды две угасающий пес любил тяпнутого. Затем весь мир перевернулся кверху дном и была еще почувствована холодная, но приятная рука под животом. Потом — ничего.

На узком операционном столе лежал, раскинувшись, пес Шарик, и голова его беспомощно колотилась о белую клеенчатую подушку. Живот его был выстрижен, и теперь доктор Борменталь, тяжело дыша и спеша, машинкой, въедаясь в шерсть, стриг голову Шарика. Филипп Филиппович, опершись ладонями на край стола, блестящими, как золотые обода его очков, глазками наблюдал за этой процедурой и говорил взволнованно:

— Иван Арнольдович, самый важный момент, когда я войду в турецкое седло. Мгновенно, умоляю вас, подайте отросток, и тут же шить! Если там у меня начнет кровить, потеряем время и пса потеряем. Впрочем, для него и так никакого шанса нету. — Он помолчал, прищуря глаз, заглянул как бы насмешливо в полуприкрытый спящий глаз пса и добавил: — А знаете, жалко его. Представьте, я привык к нему.

Руки он вздымал в это время, как будто благословлял на трудный подвиг злосчастного пса Шарика. Он старался, чтобы ни одна пылинка не села на черную резину.

Из-под выстриженной шерсти засверкала беловатая кожа собаки. Борменталь отшвырнул машинку и вооружился бритвой. Он намылил беспомощную маленькую голову и стал брить. Сильно хрустело под лезвием, кое-где выступила кровь. Обрив голову, тяпнутый мокрым бензиновым комком обтер ее, затем оголенный живот пса растянул и молвил, отдуваясь:

— Готово.

Зина открыла кран над раковиной, и Борменталь бросился мыть руки. Зина из склянки полила их спиртом.

— Можно мне уйти, Филипп Филиппович? — спросила она, боязливо косясь на обритую голову пса.

— Можешь.

Зина пропала. Борменталь засуетился дальше. Легкими марлевыми салфеточками он обложил голову Шарика, и тогда на подушке оказался никем не виданный лысый песий череп и странная бородатая морда.

Тут шевельнулся жрец. Он выпрямился, глянул на собачью голову и сказал:

— Ну, господи, благослови. Нож!

Борменталь из сверкающей груды на столике вынул маленький брюхатый ножик и подал его жрецу. Затем он облекся в такие же черные перчатки, как и жрец.

— Спит? — спросил Филипп Филиппович.

— Хорошо спит.

Зубы Филиппа Филипповича сжались, глазки приобрели остренький колючий блеск, и, взмахнув ножичком, он метко и длинно протянул по животу Шарика рану. Кожа тотчас разошлась, и из нее брызнула кровь в разные стороны. Борменталь набросился хищно, стал комьями марли давить Шарикову рану, затем маленькими, как бы сахарными, щипчиками зажал ее края, и она высохла. На лбу у Борменталя пузырьками выступил пот. Филипп Филиппович полоснул второй раз, и тело Шарика вдвоем начали разрывать крючьями, ножницами, какими-то скобками. Выскочили розовые и желтые, плачущие кровавой росою ткани. Филипп Филиппович вертел ножом в теле, потом крикнул:

— Ножницы!

Инструмент мелькнул в руках у тяпнутого, как у фокусника. Филипп Филиппович залез в глубину и в несколько поворотов вырвал из тела Шарика его семенные железы с какими-то обрывками. Борменталь, совершенно мокрый от усердия и волнения, бросился к стеклянной банке и извлек из нее другие мокрые, обвисшие семенные железы. В руках у профессора и ассистента запрыгали, завились короткие влажные струны. Дробно защелкали кривые иглы в зажимах. Семенные железы вшили на место Шариковых. Жрец отвалился от раны, ткнул в нее комком марли и скомандовал:

— Шейте, доктор, мгновенно кожу!

Затем оглянулся на круглые белые стенные часы.

— Четырнадцать минут делали, — сквозь стиснутые зубы пропустил Борменталь и кривой иголкой впился в дряблую кожу.

Затем оба заволновались, как убийцы, которые спешат.

— Нож! — крикнул Филипп Филиппович.

Нож вскочил к нему в руки как бы сам собой, после чего лицо Филиппа Филипповича стало страшным. Он оскалил фарфоровые и золотые коронки и одним приемом навел на лбу Шарика красный венец. Кожу с бритыми волосами откинули, как скальп, обнажили костяной череп. Филипп Филиппович крикнул:

— Трепан!

Борменталь подал ему блистающий коловорот. Кусая губу, Филипп Филиппович начал втыкать коловорот и высверливать в черепе Шарика маленькие дырочки в сантиметре расстояния одна от другой, так что они шли кругом всего черепа. На каждую он тратил не более пяти секунд. Потом пилой невиданного фасона, всунув ее хвостик в первую дырочку, начал пилить, как выпиливают дамский рукодельный ящик. Череп тихо визжал и трясся. Минуты через три крышку черепа с Шарика сняли.

Тогда обнажился купол Шарикового мозга, серый с синеватыми прожилками и красноватыми пятнами. Филипп Филиппович въелся ножницами в оболочки и их выкроил. Один раз ударил тонкий фонтан крови, чуть не попал в глаза профессору и окропил его колпак. Борменталь с торзионным пинцетом, как тигр, бросился зажимать и зажал. Пот с Борменталя полз потоками, и лицо его стало мясистым и разноцветным. Глаза его метались от рук Филиппа Филипповича к тарелке на столе. Филипп же Филиппович стал положительно страшен. Сипение вырывалось из его носа, зубы открылись до десен. Он ободрал оболочки с мозга и пошел куда-то вглубь, выдвигая из вскрытой чаши полушария мозга. И в это время Борменталь начал бледнеть, одною рукою охватил грудь Шарика и хрипловато сказал:

— Пульс резко падает...

Филипп Филиппович зверски оглянулся на него, что-то промычал и врезался еще глубже. Борменталь с хрустом сломал стеклянную ампулку, насосал из нее в шприц и коварно кольнул Шарика где-то у сердца.

— Иду к турецкому седлу! — зарычал Филипп Филиппович и окровавленными скользкими перчатками выдвинул серо-желтый мозг Шарика из головы. На мгновение он скосил глаза на морду Шарика, и Борменталь тотчас сломал вторую ампулу с желтою жидкостью и вытянул ее в длинный шприц.

— В сердце? — робко спросил он.

— Что вы еще спрашиваете?! — злобно заревел профессор. — Все равно он уже пять раз у вас умер. Колите! Разве мыслимо! — Лицо у него при этом стало как у вдохновенного разбойника.

Доктор с размаху, легко всадил иглу в сердце пса.

— Живет, но еле-еле, — робко прошептал он.

— Некогда рассуждать тут — живет не живет, — засипел страшный Филипп Филиппович, — я в седле! Все равно помрет... ах ты, че... «К берегам священным...» Придаток давайте!

Борменталь подал ему склянку, в которой болтался на нитке в жидкости белый комочек. «Не имеет равных в Европе, ей-богу...» — смутно подумал Борменталь. Одной рукой Филипп Филиппович выхватил болтающийся комочек, а другой — ножницами — выстриг такой же комочек в глубине где-то между распяленными полушариями. Шариков комочек он вышвырнул на тарелку, а новый заложил в мозг вместе с ниткой и своими короткими пальцами, ставшими, точно чудом, тонкими и гибкими, ухитрился янтарной нитью его там замотать. После этого он выбросил из головы Шарика какие-то распялки, пинцет, мозг упрятал назад в костяную чашу, откинулся и уже поспокойнее спросил:

— Умер, конечно?..

— Нитевидный пульс... — ответил Борменталь.

— Еще адреналину!

Профессор оболочками забросал мозг, отпиленную крышку приложил, как по мерке, скальп надвинул и взревел:

— Шейте!

Борменталь минут в пять зашил голову, сломав три иглы.

И вот на подушке появилось на окрашенном кровью фоне безжизненное потухшее лицо Шарика с кольцевой раной на голове. Тут уж Филипп Филиппович отвалился окончательно, как сытый вампир, сорвал одну перчатку, выбросив из нее облако потной пудры, другую разорвал, швырнул на пол и позвонил, нажав кнопку в стене. Зина появилась на пороге, отвернувшись, чтобы не видеть Шарика и кровь.

Жрец снял меловыми руками окровавленный клобук и крикнул:

— Папиросу мне сейчас же, Зина. Все свежее белье и ванну!

Он подбородком лег на край стола, двумя пальцами раздвинул правое веко пса, заглянул в явно умирающий глаз и молвил:

— Вот, черт возьми! Не издох! Ну, все равно издохнет. Эх, доктор Борменталь, жаль пса! Ласковый был, но хитрый.

Глава 5

Тетрадь доктора Ивана Арнольдовича Борменталя. Тонкая, в писчий лист форматом. Исписана почерком Борменталя. На первых двух страницах он — аккуратен, уборист и четок, в дальнейшем — размашист, взволнован, с большим количеством клякс.

22 декабря 1924 года. Понедельник.
История болезни

Лабораторная собака приблизительно двух лет от роду. Самец. Порода — дворняжка. Кличка — Шарик. Шерсть жидкая, кустами, буроватая с подпалинами, хвост цвета топленого молока. На правом боку следы совершенно зажившего ожога. Питание до поступления к профессору плохое, после недельного пребывания — крайне упитанный. Вес — 8 килограммов (знак восклицательный).

Сердце, легкие, желудок, температура в норме.

23 декабря. В 8 с половиной часов вечера произведена первая в Европе операция по профессору Преображенскому: под хлороформенным наркозом удалены яички Шарика и вместо них пересажены мужские яички с придатками и семенными канатиками, взятыми от скончавшегося за 4 часа 4 минуты до операции мужчины 28 лет и сохранявшимися в стерилизованной физиологической жидкости по профессору Преображенскому.

Непосредственно вслед за сим удален после трепанации черепной крышки придаток мозга — гипофиз и заменен человеческим от вышеуказанного мужчины.

Истрачено 8 кубиков хлороформа, 1 шприц камфары, 2 шприца адреналина в сердце.

Показание к операции: постановка опыта Преображенского с комбинированной пересадкой гипофиза и яичек для выяснения вопроса о приживаемости гипофиза, а в дальнейшем — о его влиянии на омоложение организма у людей.

Оперировал профессор Ф. Ф. Преображенский.

Ассистировал доктор И. А. Борменталь.

В ночь после операции: грозные повторные падения пульса. Ожидание смертельного исхода. Громадные дозы камфары по Преображенскому.

24 декабря. Утром — улучшение. Дыхание вдвое учащено. Температура 42. Камфара, кофеин под кожу.

25 декабря. Вновь ухудшение. Пульс еле прощупывается. Похолодание конечностей, зрачки не реагируют. Адреналин в сердце и камфара по Преображенскому. Физиологический раствор в вену.

26 декабря. Некоторое улучшение. Пульс 180, дыхание 92. Температура 41. Камфара, питание клизмами.

27 декабря. Пульс 152, дыхание 50, температура 39,8. Зрачки реагируют. Камфара под кожу.

28 декабря. Значительное улучшение. В полдень внезапный проливной пот. Температура — 37,0. Операционные раны в прежнем состоянии. Перевязка.

Появился аппетит. Питание жидкое.

29 декабря. Внезапно обнаружено выпадение шерсти на лбу и на боках туловища. Вызваны для консультации профессор по кафедре кожных болезней

Василий Васильевич Бундарев и директор Московского ветеринарного показательного института. Ими случай признан не описанным в литературе. Диагностика осталась неустановленной. Температура нормальна.

Запись карандашом:

Вечером появился первый лай (8 час. 15 мин.). Обращает внимание резкое изменение тембра и тона (понижение). Лай вместо слова «гау, гау» на слоги «а-о». По окраске отдаленно напоминает стон.

30 декабря. Выпадение шерсти приняло характер общего облысения. Взвешивание дало неожиданный результат — вес 30 кило, за счет роста (удлинения) костей. Пес по-прежнему лежит.

31 декабря. Колоссальный аппетит.

В тетради — клякса. После кляксы торопливым почерком.

В 12 часов 12 минут дня пес отчетливо пролаял слово — «А-б-ыр»!!

В тетради перерыв, и дальше, очевидно по ошибке от волнения, написано:

1 декабря.

Перечеркнуто, поправлено:

1 января 1925 года. Фотографирован утром. Отчетливо лает «Абыр», повторяя это слово громко и как бы радостно. В 3 часа дня (*крупными буквами*) засмеялся (?), вызвав обморок горничной Зины.

Вечером произнес восемь раз подряд слово «Абыр-валг», «Абыр!»

Косыми буквами карандашом:

Профессор расшифровал слово «Абыр-валг». Оно означает «Главрыба»!!! Что-то чудовищ...

2 января. Фотографирован во время улыбки при магнии.

Встал с постели и уверенно держался полчаса на задних лапах. Моего почти роста.

В тетради вкладной лист:

Русская наука чуть не понесла тяжкую утрату.

История болезни профессора Ф. Ф. Преображенского.

В 1 час 13 мин. — глубокий обморок с профессором Преображенским. При падении ударился головой о ножку стула. Тинктура валериана.

В моем и Зины присутствии пес (если псом, конечно, можно назвать) обругал профессора Преображенского по матери.

Перерыв в записях.

6 января. То карандашом, то фиолетовыми чернилами.

Сегодня после того, как у него отвалился хвост, он произнес совершенно отчетливо слово «пивная». Работает фонограф. Черт знает что такое!!

Я теряюсь!

Прием у профессора прекращен. Начиная с 5 часов дня из смотровой, где расхаживает это существо, слышится явственная вульгарная ругань и слова: «Еще парочку».

7 января. Он произносит очень много слов: «Извозчик», «Мест нету», «Вечерняя газета», «Лучший подарок детям» и все бранные слова, какие только существуют в русском лексиконе.

Вид его странен. Шерсть осталась только на голове, на подбородке и на груди. В остальном он лыс, с дрябловатой кожей. В области половых органов — формирующийся мужчина. Череп увеличился значительно, лоб скошен и низок.

Ей-богу, я с ума сойду!

Филипп Филиппович все еще чувствует себя плохо. Большинство наблюдений веду я (фонограф, фотографии).

По городу расплылся слух.

Последствия неисчислимые. Сегодня днем весь переулок был полон какими-то бездельниками и старухами. Зеваки стоят и сейчас еще под окнами. В утренних газетах появилась удивительная заметка:

«Слухи о марсианине в Обуховом переулке ни на чем не основаны. Они распущены торговцами с Сухаревки и будут строго наказаны».

О каком, к черту, марсианине? Ведь это кошмар!!

Еще лучше в «Вечерней» — написали, что родился ребенок, который играет на скрипке. Тут же рисунок — скрипка и моя фотографическая карточка и под ней подпись: «Проф. Преображенский, делавший кесарево сечение у матери». Это что-то неописуемое!.. Новое слово — «милиционер».

Оказывается — Дарья Петровна была в меня влюблена и свистнула карточку из альбома Ф. Ф. После того как прогнал репортеров, один из них пролез на кухню, и так далее...

Что творится во время приема!! Сегодня было 82 звонка. Телефон выключен. Бездетные дамы с ума сошли и идут.

В полном составе домком во главе со Швондером. Зачем — сами не знают.

8 января. Поздним вечером поставили диагноз. Ф. Ф., как истый ученый, признал свою ошибку — перемена гипофиза дает не омоложение, а полное очеловечение *(подчеркнуто три раза)*. От этого его изумительное, потрясающее открытие не становится ничуть меньше.

Тот сегодня впервые прошелся по квартире. Смеялся в коридоре, глядя на электрическую лампу. Затем, в сопровождении Филиппа Филипповича и моем, он проследовал в кабинет. Он стойко держится на задних *(зачеркнуто)*... на ногах и производит впечатление маленького и плохо сложенного мужчины.

Смеялся в кабинете. Улыбка его неприятна и как бы искусственна. Затем он почесал затылок, огляделся, и я записал новое, отчетливо произнесенное слово: «буржуи». Ругался. Ругань эта методическая, беспрерывная и, по-видимому, совершенно бессмысленная. Она носит несколько фонографический характер: как будто это существо где-то раньше слышало бранные слова, автоматически подсознательно занесло их в свой мозг и теперь изрыгает их пачками. А впрочем, я не психиатр, черт меня возьми!

На Филиппа Филипповича брань производит почему-то удивительно тягостное впечатление. Бывают моменты, когда он выходит из сдержанного и холодного наблюдения новых явлений и как бы теряет терпение. Так, в момент ругани он вдруг нервно выкрикнул:

— Перестать!

Это не произвело никакого эффекта.

После прогулки в кабинет общими усилиями Шарик был водворен в смотровую.

После этого мы имели совещание с Ф. Ф. Впервые, я должен сознаться, видел я этого уверенного и поразительно умного человека растерянным. Напевая по своему обыкновению, он спросил: «Что же мы теперь будем делать?» И сам же ответил буквально так: «Москшвея, да... «От Севильи до Гренады...» Москшвея, дорогой доктор...» Я ничего не понял. Он пояснил: «Я вас прошу, Иван Арнольдович, купить ему белье, штаны и пиджак».

9 января. Лексикон обогащается каждые пять минут (в среднем) новым словом, с сегодняшнего утра, и фразами. Похоже, что они, замерзшие в сознании, оттаивают и выходят. Вышедшее слово остается в употреблении. Со вчерашнего вечера фонографом отмечены: «не толкайся», «бей его», «подлец», «слезай с подножки», «я тебе покажу», «признание Америки» и «примус».

10 января. Произошло одевание. Нижнюю сорочку позволил надеть на себя охотно, даже весело смеясь. От кальсон отказался, выразив протест хриплыми криками: «В очередь, сукины дети, в очередь!» Был одет. Носки ему велики.

В тетради какие-то схематические рисунки, по всем признакам изображающие превращение собачьей ноги в человеческую.

Удлиняется задняя половина скелета стопы (Tarsus). Вытягивание пальцев. Когти.

Повторное систематическое обучение посещения уборной.

Прислуга совершенно подавлена.

Но следует отметить понятливость существа. Дело вполне идет на лад.

11 января. Совершенно примирился со штанами. Произнес длинную веселую фразу, потрогав брюки Филиппа Филипповича: «Дай папиросочку, у тебя брюки в полосочку».

Шерсть на голове слабая, шелковистая. Легко спутать с волосами. Но подпалины остались на темени. Сегодня облез последний пух с ушей. Колоссальный аппетит. С увлечением ел селедку.

В пять часов дня событие: впервые слова, произнесенные существом, не были оторваны от окружающих явлений, а явились реакцией на них. Именно, когда профессор приказал ему: «Не бросай объедки на пол...» — неожиданно ответил: «Отлезь, гнида!»

Ф. Ф. был поражен. Потом поправился и сказал:

— Если ты еще раз позволишь себе обругать меня или доктора, тебе влетит.

Я фотографировал в это мгновение Шарика. Ручаюсь, что он понял слова профессора. Угрюмая тень легла на его лицо. Поглядел исподлобья, и довольно раздраженно, но стих.

Ура! Он понимает.

12 января. Закладывание рук в карманы штанов. Отучаем от ругани.

Свистал «Ой, яблочко...».

Поддерживает разговор.

Я не могу удержаться от нескольких гипотез: к чертям омоложение пока что! Другое, неизмеримо более важное: изумительный опыт профессора Преображенского раскрыл одну из тайн человеческого мозга! Отныне загадочная функция гипофиза — мозгового придатка — разъяснена! Он определяет человеческий облик! Его гормоны можно назвать важнейшими в организме — гормонами облика! Новая область открывается в науке: без всякой реторты Фауста создан гомункул! Скальпель хирурга вызвал к жизни новую человеческую единицу! Профессор Преображенский, вы — творец!! (*Клякса.*)

Впрочем, я уклонился в сторону... Итак, он поддерживает разговор. По моему предположению, дело обстоит так: прижившийся гипофиз открыл центр речи в собачьем мозгу, и слова хлынули потоками. По-моему, перед нами — оживший развернувшийся мозг, а не мозг вновь созданный. О, дивное подтверждение эволюционной теории! О, цепь величайшая от пса до Менделеева-химика!

Еще моя гипотеза: мозг Шарика в собачьем периоде его жизни накопил бездну понятий. Все слова, которыми он начал оперировать в первую очередь, — уличные слова, он их слышал и затаил в мозгу. Теперь, проходя по улице, я с тайным ужасом смотрю на встречных псов. Бог их знает, что у них таится в мозгах!

Шарик читал! Читал!!! (*Три восклицательных знака.*) Это я догадался! По «Главрыбе»! Именно с конца читал! И я даже знаю, где разрешение этой загадки: в перекресте зрительных нервов у собаки!

Что в Москве творится — уму непостижимо человеческому! Семь сухаревских торговцев уже сидят за распространение слухов о светопреставлении, которое навлекли большевики. Дарья Петровна говорила и даже называла точно число: 28 ноября 1925 года, в день преподобного мученика Стефана, — земля налетит на небесную ось!! Какие-то жулики уже читают лекции. Такой кабак мы сделали с этим гипофизом, что хоть вон беги из квартиры! Я переехал к Преображенскому, по его просьбе, и ночую в приемной с Шариком. Смотровая превращена в приемную. Швондер оказался прав. Домком злорадствует. В шкафах ни одного стекла, потому что прыгал. Еле отучили.

С Филиппом что-то страшное делается. Когда я ему рассказал о своих гипотезах и о надежде развить Шарика в очень высокую психическую личность, он хмыкнул и ответил: «Вы думаете?» Тон его зловещий. Неужели я ошибся? Старик что-то придумал. Пока я вожусь с этой историей болезни, он сидит над историей того человека, от которого мы взяли гипофиз.

В тетради вкладной лист.

Клим Григорьевич Чугункин, 25 лет. Холост. Беспартийный, сочувствующий. Судился три раза и оправдан: в первый раз благодаря недостатку улик, второй раз — происхождение спасло, в третий — условно каторга на 15 лет. Кражи. Профессия — игра на балалайке по трактирам.

Маленького роста, плохо сложен. Печень расширена (алкоголь).

Причина смерти: удар ножом в сердце в пивной «Стоп-сигнал» у Преображенской заставы.

Старик, не отрываясь, сидит над климовской болезнью. Не понимаю, в чем дело. Бурчал что-то насчет того, что вот не догадался осмотреть в патологоанатомическом весь труп Чугункина. В чем дело, не понимаю! Не все ли равно, чей гипофиз?

17 января. Не записывал несколько дней. Болел инфлюэнцей.

За это время облик окончательно сложился:

а) совершенный человек по строению тела;

б) вес около трех пудов;

в) рост маленький;

г) голова маленькая;

д) начал курить;

е) ест человеческую пищу;

ж) одевается самостоятельно;

з) гладко ведет разговор.

Вот так гипофиз! (*Клякса.*)

Этим я историю болезни заканчиваю. Перед нами новый организм, и наблюдать его нужно с начала.

Приложение: стенограммы речей, записи фонографа, фотографические снимки.

Подпись: ассистент профессора Ф. Ф. Преображенского

Доктор Борменталь

Глава 6

Был зимний вечер. Конец января. Предобеденное, предприемное время. На притолоке у двери в приемную висел белый лист бумаги, на коем было написано рукою Филиппа Филипповича:

«Семечки есть в квартире запрещаю.

Ф. Преображенский».

И синим карандашом крупными, как пирожное, буквами рукою Борменталя:

«Игра на музыкальных инструментах от 5 часов дня до 7 часов утра воспрещается».

Затем рукою Зины:

«Когда вернетесь, скажите Филиппу Филипповичу: я не знаю, куда он ушел. Федор говорил, что со Швондером».

Рукою Преображенского:

«Я сто лет буду ждать стекольщика?»

Рукою Дарьи Петровны (печатно):

«Зина ушла в магазин, сказала, приведет».

В столовой было совершенно по-вечернему благодаря лампе под вишневым абажуром. Свет из буфета падал перебитый пополам — зеркальные стекла были заклеены косым крестом от одной фасетки до другой. Филипп Филиппович, склонившись над столом, погрузился в развернутый громадный лист газеты. Молнии коверкали его лицо, и сквозь зубы сыпались оборванные, куцые воркующие слова. Он читал заметку:

«Никаких сомнений нет в том, что это его незаконнорожденный (как выражались в гнилом буржуазном обществе) сын. Вот как развлекается наша псевдоученая буржуазия! Семь комнат каждый умеет занимать до тех пор, пока блистающий меч правосудия не сверкнул над ним красными лучами!

Шв...р».

Очень настойчиво, с залихватской ловкостью играли за двумя стенами на балалайке, и звуки хитрой вариации «Светит месяц» смешивались в голове Филиппа Филипповича со словами заметки в ненавистную кашу. Дочитав, он сухо плюнул через плечо и машинально запел сквозь зубы:

— «Све-е-етит месяц... светит месяц... светит месяц...» Тьфу... прицепилось... вот окаянная мелодия!

Он позвонил. Зинино лицо просунулось между полотнищами портьеры.

— Скажи ему, что 5 часов. Чтобы прекратил. И позови его сюда, пожалуйста.

Филипп Филиппович сидел у стола в кресле. Между пальцами левой руки торчал коричневый окурок сигары. У портьеры, прислонившись к притолоке, стоял, заложив ногу за ногу, человек маленького роста и несимпатичной наружности. Волосы у него на голове росли жесткие, как бы кустами на выкорчеванном поле, а на лице был небритый пух. Лоб поражал своей малой вышиной. Почти непосредственно над черными кисточками раскиданных бровей начиналась густая головная щетка.

Пиджак, прорванный под левой мышкой, был усеян соломой, полосатые брючки на правой коленке продраны, а на левой выпачканы лиловой краской. На шее у человечка был повязан ядовито-небесного цвета галстук с фальшивой рубиновой булавкой.

Цвет этого галстука был настолько бросок, что время от времени, закрывая утомленные глаза, Филипп Филиппович в полной тьме то на потолке, то на стене видел пылающий факел с голубым венцом. Открывая глаза, слеп вновь, так как с полу, разбрызгивая веера света, швырялись в глаза лаковые штиблеты с белыми гетрами.

«Как в калошах», — с неприятным чувством подумал Филипп Филиппович, вздохнул, засопел и стал возиться с заглохшей сигарой. Человек у двери мутноватыми глазками поглядывал на профессора и курил папиросу, посыпая манишку пеплом.

Часы на стене рядом с деревянным рябчиком прозвенели 5. Внутри их еще что-то стонало, когда вступил в беседу Филипп Филиппович.

— Я, кажется, два раза уже просил не спать на полатях в кухне, тем более днем?

Человек кашлянул сипло, точно подавился косточкой, и ответил:

— Воздух в кухне приятнее.

Голос у него был необыкновенный, глуховатый и в то же время гулкий, как в маленький бочонок.

Филипп Филиппович покачал головой и спросил:

— Откуда взялась эта гадость? Я говорю о галстуке.

Человек, глазами следуя пальцу, скосил их через оттопыренную губу и любовно поглядел на галстук.

— Что ж... «гадость», — заговорил он, — шикарный галстух. Дарья Петровна подарила.

— Дарья Петровна вам мерзость подарила. Вроде этих ботинок. Что это за сияющая чепуха? Откуда? Я что просил? Купить приличные ботинки! А это что? Неужели доктор Борменталь такие выбрал?

— Я ему велел, чтоб лаковые. Что я, хуже людей? Пойдите на Кузнецкий, все в лаковых.

Филипп Филиппович повертел головой и заговорил веско:

— Спанье на полатях прекращается. Понятно? Что это за нахальство? Ведь вы мешаете! Там женщины.

Лицо человека потемнело, и губы оттопырились.

— Ну уж и женщины! Подумаешь! Барыни какие! Обыкновенная прислуга, а форсу, как у комиссарши! Это все Зинка ябедничает.

Филипп Филиппович глянул строго:

— Не сметь Зину называть Зинкой! Понятно?

Молчание.

— Понятно, я вас спрашиваю?

— Понятно.

— Убрать эту пакость с шеи. Вы... ты... вы посмотрите на себя в зеркало — на что вы похожи! Балаган какой-то! Окурки на пол не бросать, в сотый раз прошу. Чтобы я более не слышал ни одного ругательного слова в квартире. Не плевать. Вон плевательница. С писсуаром обращаться аккуратно. С Зиной всякие разговоры прекратить! Она жалуется, что вы в темноте ее подкарауливаете. Смотрите! Кто ответил пациенту: «Пес его знает»? Что вы, в самом деле, в кабаке, что ли?

— Что-то вы меня, папаша, больно утесняете, — вдруг плаксиво выговорил человек.

Филипп Филиппович покраснел, очки сверкнули.

— Кто это тут вам «папаша»? Что это за фамильярности? Чтобы я больше не слыхал этого слова! Называть меня по имени и отчеству!

Дерзкое выражение загорелось в человечке.

— Да что вы все... то не плевать, то не кури... туда не ходи... Что же это на самом деле? Чисто как в трамвае! Что вы мне жить не даете? И насчет «папаши» — это вы напрасно! Разве я вас просил мне операцию делать, — человек возмущенно лаял, — хорошенькое дело! Ухватили животную, исполосовали ножиком голову, а теперь гнушаются. Я, может, своего разрешения на операцию не давал. А равно (человечек возвел глаза к потолку, как бы вспоминая некую формулу), а равно и мои родные. Я иск, может, имею право предъявить!

Глаза Филиппа Филипповича сделались совершенно круглыми, сигара вывалилась из рук. «Ну, тип!» — пролетело у него в голове.

— Как-с, — прищуриваясь, спросил он, — вы изволите быть недовольным, что вас превратили в человека? Вы, может быть, предпочитаете снова бегать по помойкам? Мерзнуть в подворотнях? Ну, если бы я знал!..

— Да что вы все попрекаете — помойка, помойка. Я свой кусок хлеба добывал! А ежели бы я у вас помер под ножиком? Вы что на это выразите, товарищ?

— Филипп Филиппович! — раздраженно воскликнул Филипп Филиппович. — Я вам не товарищ! Это чудовищно! — «Кошмар... кошмар!» — подумалось ему.

— Уж конечно, как же... — иронически заговорил человек и победоносно отставил ногу, — мы понимаем-с! Какие уж мы вам товарищи! Где уж! Мы в университетах не обучались, в квартирах по пятнадцать комнат с ваннами не жили! Только теперь пора бы это оставить. В настоящее время каждый имеет свое право...

Филипп Филиппович, бледнея, слушал рассуждения человека. Тот прервал речь и демонстративно направился к пепельнице с изжеванной папиросой в руке. Походка у него была развалистая. Он долго мял окурок в раковине с выражением, ясно говорящим: «На! На!» Затушив папироску, он на ходу вдруг лязгнул зубами и сунул нос под мышку.

— Пальцами блох ловить! Пальцами! — яростно крикнул Филипп Филиппович. — И я не понимаю, откуда вы их берете?

— Да что ж, развожу я их, что ли? — обиделся человек. — Видно, блоха меня любит, — тут он пальцами пошарил в подкладке под рукавом и выпустил на воздух клок рыжей легкой ваты.

Филипп Филиппович обратил взор к гирляндам на потолке и забарабанил пальцами по столу. Человек, казнив блоху, отошел и сел на стул. Руки он при этом, опустив кисти, развесил вдоль лацканов пиджака. Глаза его скосились к шашкам паркета. Он созерцал свои башмаки, и это доставляло ему большое удовольствие. Филипп Филиппович посмотрел туда, где сияли резкие блики на тупых носках, глаза прижмурил и заговорил:

— Какое дело еще вы мне хотели сообщить?

— Да что ж дело! Дело простое. Документ, Филипп Филиппович, мне надо.

Филиппа Филипповича несколько передернуло.

— Хм... Черт... Документ! Действительно... Кхм... Да, может быть, без этого как-нибудь можно? — голос его звучал неуверенно и тоскливо.

— Помилуйте, — уверенно ответил человек, — как же так без документа? Это уж извиняюсь. Сами знаете, человеку без документа строго воспрещается существовать. Во-первых, домком!

— При чем тут этот домком?

— Как это при чем? Встречают, спрашивают, когда ж ты, говорят, многоуважаемый, пропишешься?

— Ах ты, господи, — уныло воскликнул Филипп Филиппович, — «встречаются, спрашивают»... Воображаю, что вы им говорите! Ведь я же вам запрещал шляться по лестницам!

— Что я, каторжный? — удивился человек, и сознание его правоты загорелось у него даже в рубине. — Как это так «шляться»?! Довольно обидны ваши слова! Я хожу, как все люди.

При этом он посучил лакированными ногами по паркету.

Филипп Филиппович умолк, глаза его ушли в сторону. «Надо все-таки сдерживать себя», — подумал он. Подойдя к буфету, он одним духом выпил стакан воды.

— Отлично-с, — поспокойнее заговорил он, — дело не в словах. Итак, что говорит этот ваш прелестный домком?

— Что ж ему говорить? Да вы напрасно его прелестным ругаете. Он интересы защищает.

— Чьи интересы, позвольте осведомиться?

— Известно чьи. Трудового элемента.

Филипп Филиппович выкатил глаза.

— Почему вы — труженик?

— Да уж известно, не нэпман.

— Ну, ладно. Итак, что же ему нужно в защитах вашего революционного интереса?

— Известно что: прописать меня. Они говорят, где ж это видано, чтоб человек проживал непрописанным в Москве? Это раз. А самое главное — учетная карточка. Я дезертиром быть не желаю. Опять же союз, биржа...

— Позвольте узнать, по чему я вас пропишу? По этой скатерти? Или по своему паспорту? Ведь нужно же все-таки считаться с положением! Не забывайте, что вы... э... гм... вы ведь, так сказать, неожиданно появившееся существо, лабораторное... — Филипп Филиппович говорил все менее уверенно.

Человек победоносно молчал.

— Отлично-с. Что же, в конце концов, нужно, чтобы вас прописать и вообще устроить все по плану этого вашего домкома? Ведь у вас же нет ни имени, ни фамилии!

— Это вы несправедливо. Имя я себе совершенно спокойно могу избрать. Пропечатал в газете — и шабаш!

— Как же вам угодно именоваться?

Человек поправил галстук и ответил:

— Полиграф Полиграфович.

— Не валяйте дурака, — хмуро отозвался Филипп Филиппович, — я с вами серьезно говорю.

Язвительная усмешка искривила усишки человека.

— Чтой-то не пойму я, — заговорил он весело и осмысленно, — мне по матушке — нельзя, плевать — нельзя, а от вас только и слышу: «дурак» да «дурак». Видно, только профессорам разрешается ругаться в Ресефесере.

Филипп Филиппович налился кровью и, наполняя стакан водой, разбил его. Напившись из другого, подумал: «Еще немного, он меня учить станет и будет совершенно прав. В руках уже не могу держать себя».

Он преувеличенно вежливо склонил стан и с железною твердостью произнес:

— Извините. У меня расстроены нервы. Ваше имя показалось мне странным. Где вы, интересно знать, откопали такое?

— Домком посоветовал. По календарю искали, какое тебе, говорят, я и выбрал.

— Ни в каком календаре ничего подобного быть не может.

— Довольно удивительно, — человек усмехнулся, — когда у вас в смотровой висит.

Филипп Филиппович, не вставая, откинулся к кнопке на обоях, и на звонок явилась Зина.

— Календарь из смотровой.

Протекла пауза. Когда Зина вернулась с календарем, Филипп Филиппович спросил:

— Где?

— 4 марта празднуется.

— Покажите... Гм... черт... В печку его, Зина, сейчас же!

Зина, испуганно тараща глаза, ушла с календарем, а человек покрутил укоризненно головой.

— Фамилию позвольте узнать.

— Фамилию я согласен наследственную принять.

— Как-с? Наследственную? Именно?

— Шариков.

В кабинете перед столом стоял председатель домкома Швондер в кожаной тужурке. Доктор Борменталь сидел в кресле. При этом на румяных от мороза щеках доктора (он только что вернулся) было столь же растерянное выражение, как и у Филиппа Филипповича.

— Как же писать? — нетерпеливо спросил он.

— Что же, — заговорил Швондер, — дело несложное. Пишите удостоверение, гражданин профессор. Что так, мол, и так, предъявитель сего действительно гражданин Шариков Полиграф Полиграфович, гм... зародившийся в вашей, мол, квартире...

Борменталь недоуменно шевельнулся в кресле, Филипп Филиппович дернул усом.

— Гм... вот черт... Глупее ничего себе и представить нельзя. Ничего он не зародился, а просто... ну, одним словом...

— Это ваше дело, — со спокойным злорадством молвил Швондер, — зародился или нет... В общем и целом, ведь вы делали опыт, профессор! Вы и создали гражданина Шарикова!

— И очень просто, — пролаял Шариков от книжного шкафа. Он вглядывался в галстук, отражавшийся в зеркальной бездне.

— Я бы очень просил вас, — огрызнулся Филипп Филиппович, — не вмешиваться в разговор! Вы напрасно говорите: «И очень просто», — это очень непросто.

— Как же мне не вмешиваться, — обидчиво забубнил Шариков, а Швондер немедленно его поддержал:

— Простите, профессор, гражданин Шариков совершенно прав. Это его право — участвовать в обсуждении его собственной участи, в особенности постольку, поскольку дело касается документов. Документ — самая важная вещь на свете.

В этот момент оглушительный трезвон над ухом оборвал разговор. Филипп Филиппович сказал в трубку: «Да!», покраснел и закричал:

— Попрошу не отрывать меня по пустякам! Вам какое дело? — и хлестко всадил трубку в рога.

Голубая радость разлилась по лицу Швондера.

Филипп Филиппович, багровея, прокричал:

— Одним словом, кончим это!

Он оторвал листок от блокнота и набросал несколько слов, затем раздраженно прочитал вслух:

— «Сим удостоверяю»... черт знает что такое... Гм... «предъявитель сего, человек, полученный при лабораторном опыте путем операции на головном мозгу, нуждается в документах»... черт!.. Да я вообще против получения этих идиотских документов!.. Подпись: «профессор Преображенский».

— Довольно странно, профессор, — обиделся Швондер, — как так документы вы называете идиотскими! Я не могу допустить пребывания в доме бездокументного жильца, да еще не взятого на воинский учет милицией. А вдруг война с империалистическими хищниками?

— Я воевать не пойду никуда, — вдруг хмуро гавкнул Шариков в шкаф.

Швондер оторопел, но быстро оправился и учтиво заметил Шарикову:

— Вы, гражданин Шариков, говорите в высшей степени несознательно. На воинский учет необходимо взяться.

— На учет возьмусь, а воевать — шиш с маслом, — неприязненно ответил Шариков, поправляя бант.

Настала очередь Швондера смутиться. Преображенский и злобно и тоскливо переглянулся с Борменталем: «Не угодно ли-с, мораль?» Борменталь многозначительно кивнул головой.

— Я тяжко раненный при операции, — хмуро подвывал Шариков, — меня вишь как отделали, — и он указал на голову. Поперек лба тянулся очень свежий операционный шрам.

— Вы — анархист-индивидуалист? — спросил Швондер, высоко поднимая брови.

— Мне белый билет полагается, — ответил Шариков на это.

— Ну-с, хорошо, не важно пока, — ответил удивленный Швондер. — Факт в том, что мы удостоверение профессора отправим в милицию и вам выдадут документ.

— Вот что... э... — внезапно перебил его Филипп Филиппович, очевидно терзаемый какой-то думой. — Нет ли у вас в доме свободной комнаты, я согласен ее купить.

Желтенькие искры появились в карих глазах Швондера.

— Нет, профессор, к величайшему сожалению. И не предвидится.

Филипп Филиппович сжал губы и ничего не сказал. Опять как оглашенный загремел телефон. Филипп Филиппович, ничего не спрашивая, молча сбросил трубку с рогулек так, что она, покрутившись немного, повисла на голубом шнуре. Все вздрогнули.

«Изнервничался старик», — подумал Борменталь, а Швондер, сверкая глазами, поклонился и вышел.

Шариков, скрипя сапожным рантом, отправился за ним следом.

Профессор остался наедине с Борменталем.

Немного помолчав, Филипп Филиппович мелко потряс головой и заговорил:

— Это кошмар, честное слово. Вы видите? Клянусь вам, дорогой доктор, я измучился за эти две недели больше, чем за последние четырнадцать лет! Ведь тип, я вам доложу...

В отдалении глухо треснуло стекло, затем вспорхнул заглушенный женский визг и тотчас потух. Нечистая сила шарахнула по обоям в коридоре, направляясь к смотровой, там чем-то грохнула и мгновенно пролетела обратно. Захлопали двери, и в кухне отозвался низкий крик Дарьи Петровны. Затем завыл Шариков.

— Боже мой! Еще что-то! — закричал Филипп Филиппович, бросаясь к дверям.

— Кот, — сообразил Борменталь и выскочил за ним вслед. Они понеслись по коридору в переднюю, ворвались в нее, оттуда свернули в коридор к уборной и ванной. Из кухни выскочила Зина и вплотную наскочила на Филиппа Филипповича.

— Сколько раз я приказывал, котов чтобы не было! — в бешенстве закричал Филипп Филиппович. — Где он? Иван Арнольдович, успокойте, ради бога, пациентов в приемной!

— В ванной, в ванной проклятый черт сидит! — задыхаясь, закричала Зина.

Филипп Филиппович навалился на дверь ванной, но та не поддалась.

— Открыть сию секунду!

В ответ в запертой ванной по стенам что-то запрыгало, обрушились тазы, дикий голос Шарикова глухо проревел за дверью:

— Убью на месте...

Вода зашумела по трубам и полилась. Филипп Филиппович налег на дверь и стал ее рвать. Распаренная Дарья Петровна с искаженным лицом появилась на пороге кухни. Затем высокое стекло, выходящее под самым потолком из ванной в кухню, треснуло червивой трещиной и из него вывалились два осколка, а за ними выпал громаднейших размеров кот в тигровых кольцах и с голубым бантом на шее, похожий на городового. Он упал прямо на стол в длинное блюдо, расколов его вдоль, с блюда на пол, затем повернулся на трех ногах, а правой взмахнул, как будто бы в танце, и тотчас просочился в узкую щель на черную лестницу. Щель расширилась, и кот сменился старушечьей физиономией в платке. Юбка старухи, усеянная белым горохом, оказалась в кухне. Старуха указательным и большим пальцем обтерла запавший рот, припухшими и колючими глазками окинула кухню и произнесла с любопытством:

— О, господи Исусе!

Бледный Филипп Филиппович пересек кухню и спросил старуху грозно:

— Что вам надо?

— Говорящую собачку любопытно поглядеть, — ответила старуха заискивающе и перекрестилась.

Филипп Филиппович еще более побледнел, к старухе подошел вплотную и шепнул удушливо:

— Сию секунду из кухни вон.

Старуха попятилась к дверям и заговорила, обидевшись:

— Чтой-то уж больно дерзко, господин профессор.

— Вон, я говорю, — повторил Филипп Филиппович, и глаза у него сделались круглые, как у совы. Он собственноручно трахнул черной дверью за старухой. — Дарья Петровна, я уже просил вас?!

— Филипп Филиппович, — в отчаянье ответила Дарья Петровна, сжимая обнаженные руки в кулаки, — что ж я поделаю?.. Народ целые дни ломится, хоть все бросай!

Вода в ванной ревела глухо и грозно, но голоса более не слышалось. Вошел доктор Борменталь.

— Иван Арнольдович, убедительно прошу... гм... сколько там пациентов?

— Одиннадцать, — ответил Борменталь.

— Отпустите всех, сегодня принимать не буду!

Филипп Филиппович постучал костяшкой пальца в дверь и крикнул:

— Сию минуту извольте выйти! Зачем вы заперлись?

— Гу-гу, — жалобно и тускло ответил голос Шарикова.

— Какого черта?.. Не слышу! Закройте воду!

— Гау... угу...

— Да закройте воду! Что он сделал, не понимаю?! — приходя в исступление, вскричал Филипп Филиппович. Зина и Дарья Петровна, открыв рты, в отчаянии смотрели на дверь. К шуму воды прибавился подозрительный плеск. Филипп Филиппович еще раз погрохотал кулаками в дверь.

— Вон он! — выкрикнула Дарья Петровна из кухни.

Филипп Филиппович ринулся туда. В разбитом окне под потолком показалась и высунулась в кухню физиономия Полиграфа Полиграфовича. Она была перекошена, глаза плаксивы, а вдоль носа тянулась, пламенея от свежей крови, царапина.

— Вы с ума спятили? — спросил Филипп Филиппович. — Почему вы не выходите?

Шариков и сам в тоске и страхе оглянулся и ответил:

— Защелкнулся я!

— Откройте замок! Что же вы, никогда замка не видели?

— Да не открывается, окаянный, — испуганно ответил Полиграф.

— Батюшки! Он предохранитель защелкнул! — вскричала Зина и всплеснула руками.

— Там пуговка есть такая, — выкрикивал Филипп Филиппович, стараясь перекричать воду, — нажмите ее книзу... Вниз нажмите! Вниз!

Шариков пропал, через минуту вновь появился в окошке.

— Ни пса не видно, — в ужасе пролаял он в окно.

— Да лампу зажгите! Он взбесился!

— Котяра проклятый лампу раскокал, — ответил Шариков, — а я стал его, подлеца, за ноги хватать, кран вывернул, а теперь найти не могу.

Все трое всплеснули руками и в таком положении застыли.

Минут через пять Борменталь, Зина и Дарья Петровна сидели рядышком на мокром ковре, свернутом трубкою у подножия двери, и задними местами прижимали его к щели под дверью, а швейцар Федор с зажженной венчальной свечой Дарьи Петровны по деревянной лестнице лез в слуховое окно. Его зад, в крупную серую клетку, мелькнул в воздухе и исчез в отверстии.

— Ду... гу-гу! — что-то кричал Шариков сквозь рев воды.

Из окошка под напором брызнуло несколько раз на потолок кухни, и вода стихла.

Послышался голос Федора:

— Филипп Филиппович, все равно надо открывать, пусть разойдется, отсосем из кухни!

— Открывайте! — сердито крикнул Филипп Филиппович.

Тройка поднялась с ковра, дверь из ванной нажали, и тотчас волна хлынула в коридорчик. В нем она разделилась на три потока: прямо в противоположную уборную, направо в кухню и налево в переднюю. Шлепая и прыгая, Зина захлопнула дверь в переднюю. По щиколотку в воде вышел Федор, почему-то улыбаясь. Он был как в клеенке — весь мокрый.

— Еле заткнул, напор большой, — пояснил он.

— Где этот? — спросил Филипп Филиппович и с проклятьем поднял одну ногу.

— Боится выходить, — глупо усмехнувшись, объяснил Федор.

— Бить будете, папаша? — донесся плаксивый голос Шарикова из ванной.

— Болван! — коротко отозвался Филипп Филиппович.

Зина и Дарья Петровна в подоткнутых до колен юбках, с голыми ногами и Шариков с швейцаром, босые, с закатанными штанами, шваркали мокрыми тряпками по полу кухни и отжимали их в грязные ведра и раковину. Заброшенная плита гудела. Вода уходила через дверь на гулкую лестницу, прямо в пролет лестницы, и падала в подвал.

Борменталь, вытянувшись на цыпочках, стоял в глубокой луже на паркете передней и вел переговоры через чуть приоткрытую дверь на цепочке.

— Не будет сегодня приема, профессор нездоров. Будьте добры, отойдите от двери, у нас труба лопнула.

— А когда же прием? — добивался голос за дверью. — Мне бы только на минуту...

— Не могу. — Борменталь переступал с носков на каблуки. — Профессор лежит, и труба лопнула. Завтра прошу. Зина, милая! Отсюда вытирайте, а то она на парадную лестницу выльется.

— Тряпки не берут!

— Сейчас кружками вычерпаем! — отзывался Федор. — Сейчас!

Звонки следовали один за другим, и Борменталь уже всей подошвой стоял в воде.

— Когда же операция? — приставал голос и пытался просунуться в щель.

— Труба лопнула...

— Я бы в калошах прошел...

Синеватые силуэты появлялись за дверью.

— Нельзя, прошу завтра.

— А я записан...

— Завтра. Катастрофа с водопроводом.

Федор у ног доктора ерзал в озере, скреб кружкой,

а исцарапанный Шариков придумал новый способ. Он скатал громадную тряпку в трубку, лег животом в воду и погнал ее из передней обратно к уборной.

— Что ты, леший, по всей квартире гоняешь? — сердилась Дарья Петровна. — Выливай в раковину!

— Да что в раковину, — ловя руками мутную воду, отвечал Шариков, — она на парадное вылезет.

Из коридора со скрежетом выехала скамеечка, и на ней вытянулся, балансируя, Филипп Филиппович в синих с полосками носках.

— Иван Арнольдович, бросьте вы отвечать. Идите в спальню, я вам туфли дам.

— Ничего, Филипп Филиппович, какие пустяки!

— В калоши станьте!

— Да ничего, все равно уж мокрые ноги...

— Ах, боже мой! — расстраивался Филипп Филиппович.

— До чего вредное животное, — отозвался вдруг Шариков и выехал на корточках с суповой миской в руке.

Борменталь захлопнул дверь, не выдержал и засмеялся. Ноздри Филиппа Филипповича раздулись, и очки вспыхнули.

— Вы про кого говорите? — спросил он у Шарикова с высоты. — Позвольте узнать?

— Про кота я говорю. Такая сволочь! — ответил Шариков, бегая глазами.

— Знаете, Шариков, — переведя дух, отозвался Филипп Филиппович, — я положительно не видел более наглого существа, чем вы.

Борменталь хихикнул.

— Вы, — продолжал Филипп Филиппович, — просто нахал! Как вы смеете это говорить! Вы все это учинили сами и еще позволяете... Да нет! Это черт знает что такое!

— Шариков, скажите мне, пожалуйста, — заговорил Борменталь, — сколько времени еще вы будете гоняться за котами? Стыдитесь, ведь это же безобразие!

— Дикарь!

— Какой я дикарь? — хмуро отозвался Шариков, — ничего я не дикарь. Его терпеть в квартире невозможно. Только и ищет, как бы что своровать. Фарш слопал у Дарьи. Я его поучить хотел.

— Вас бы самого поучить! — ответил Филипп Филиппович. — Вы поглядите на свою физиономию в зеркало.

— Чуть глаза не лишил, — мрачно отозвался Шариков, трогая глаз черной мокрой рукой.

Когда темный от влаги паркет несколько подсох и все зеркала покрылись банным налетом и звонки прекратились, Филипп Филиппович в сафьяновых красных туфлях стоял в передней.

— Вот вам, Федор...

— Покорнейше благодарим...

— Переоденьтесь сейчас же. Да вот что: выпейте у Дарьи Петровны водки.

— Покорнейше благодарю. — Федор помялся, потом сказал: — Тут еще, Филипп Филиппович... Я извиняюсь, уж прямо и совестно. Только за стекло в седьмой квартире... Гражданин Шариков камнями швырял...

— В кота? — спросил Филипп Филиппович, хмурясь, как облако.

— То-то, что в хозяина квартиры. Он уж в суд грозился подавать.

— Черт!..

— Кухарку Шариков ихнюю обнял, а тот его гнать стал... Ну, повздорили...

— Ради бога, вы мне всегда сообщайте сразу о таких вещах. Сколько нужно?

— Полтора.

Филипп Филиппович извлек три блестящих полтинника и вручил Федору.

— Еще за такого мерзавца полтора целковых платить, — послышался в дверях глухой голос, — да он сам...

Филипп Филиппович обернулся, закусил губу и молча нажал на Шарикова, вытеснил его в приемную и запер его на ключ. Шариков изнутри тотчас загрохотал кулаками в дверь.

— Не сметь! — явно больным голосом воскликнул Филипп Филиппович.

— Ну уж это действительно, — многозначительно заметил Федор, — такого наглого я в жизнь свою не видел!

Борменталь как из-под земли вырос.

— Филипп Филиппович, прошу вас, не волнуйтесь!

Энергичный эскулап отпер дверь в приемную, и оттуда донесся его голос:

— Вы что? В кабаке, что ли?

— Это так! — добавил решительный Федор. — Вот это так! Да по уху бы еще!..

— Ну что вы, Федор, — печально буркнул Филипп Филиппович.

— Помилуйте, вас жалко, Филипп Филиппович!

Глава 7

— Нет, нет и нет, — настойчиво заговорил Борменталь, — извольте заложить!

— Ну что, ей-богу, — забурчал недовольный Шариков.

— Благодарю вас, доктор, — ласково сказал Филипп Филиппович, — а то мне уже надоело делать замечания.

— Все равно не позволю есть, пока не заложите. Зина, примите майонез у Шарикова.

— Как это так «примите»? — расстроился Шариков. — Я сейчас заложу.

Левой рукой он заслонил тарелку от Зины, а правой запихнул салфетку за воротничок и стал похож на клиента в парикмахерской.

— И вилкой, пожалуйста, — добавил Борменталь.

Шариков длинно вздохнул и стал ловить куски осетрины в густом соусе.

— Я еще водочки выпью? — заявил он вопросительно.

— А не будет ли вам? — осведомился Борменталь. — Вы в последнее время слишком налегаете на водку.

— Вам жалко? — осведомился Шариков и глянул исподлобья.

— Глупости говорите... — вмешался суровый Филипп Филиппович, но Борменталь его перебил:

— Не беспокойтесь, Филипп Филиппович, я сам. Вы, Шариков, чепуху говорите, и возмутительнее всего то, что говорите ее безапелляционно и уверенно. Водки мне, конечно, не жаль, тем более что она и не моя, а Филиппа Филипповича. Просто это — вредно. Это раз, а второе — вы и без водки держите себя неприлично.

Борменталь указал на заклеенный буфет.

— Зинуша, дайте мне, пожалуйста, еще рыбы.

Шариков тем временем потянулся к графинчику и, покосившись на Борменталя, налил рюмочку.

— И другим надо предложить, — сказал Борменталь, — итак: сперва Филиппу Филипповичу, затем мне, а в заключение — себе.

Шариковский рот тронула едва заметная сатирическая улыбка, и он разлил водку по рюмкам.

— Вот все у нас как на параде, — заговорил он, — салфетку туда, галстук — сюда, да «извините», да «пожалуйста», «мерси», а так, чтобы по-настоящему, — это нет. Мучаете себя, как при царском режиме.

— А как это «по-настоящему» — позвольте осведомиться?

Шариков на это ничего не ответил Филиппу Филипповичу, а поднял рюмку и произнес:

— Ну, желаю, чтоб всё...

— И вам также, — с некоторой иронией отозвался Борменталь.

Шариков выплеснул водку в глотку, сморщился, кусочек хлебца поднес к носу, понюхал, а затем проглотил, причем глаза его налились слезами.

— Стаж, — вдруг отрывисто и как бы в забытьи проговорил Филипп Филиппович.

Борменталь удивленно покосился:

— Виноват?..

— Стаж, — повторил Филипп Филиппович и горько качнул головой, — тут уж ничего не поделаешь! Клим!..

Борменталь с чрезвычайным интересом остро вгляделся в глаза Филиппа Филипповича.

— Вы полагаете, Филипп Филиппович?

— Нечего и полагать. Уверен в этом.

— Неужели... — начал Борменталь и остановился, покосившись на Шарикова. Тот подозрительно нахмурился.

— Spater[1]... — негромко сказал Филипп Филиппович.

— Gut[2], — отозвался ассистент.

Зина внесла индейку. Борменталь налил Филиппу Филипповичу красного вина и предложил Шарикову.

— Я не хочу, я лучше водочки выпью. — Лицо его замаслилось, на лбу проступил пот, он повеселел. И Филипп Филиппович несколько подобрел после вина. Его глаза прояснились, он благосклоннее поглядывал на Шарикова, черная голова которого в салфетке сидела, как муха в сметане. Борменталь же, подкрепившись, обнаружил склонность к деятельности.

— Ну-с, что же мы с вами предпримем сегодня вечером? — осведомился он у Шарикова.

Тот поморгал глазами и ответил:

— В цирк пойдем, лучше всего.

— Каждый день в цирк? — довольно благодушно заметил Филипп Филиппович. — Это довольно скучно, по-моему. Я бы на вашем месте хоть раз в театр сходил.

---

[1] Позже (*нем.*).

[2] Хорошо (*нем.*).

— В театр я не пойду, — неприязненно отозвался Шариков и перекрестил рот.

— Икание за столом отбивает у других аппетит, — машинально сообщил Борменталь. — Вы меня извините... Почему, собственно, вам не нравится театр?

Шариков посмотрел в пустую рюмку, как в бинокль, подумал и оттопырил губы.

— Да дурака валяние... Разговаривают, разговаривают... Контрреволюция одна!

Филипп Филиппович откинулся на готическую спинку и захохотал так, что во рту у него засверкал золотой частокол. Борменталь только повертел головой.

— Вы бы почитали что-нибудь, — предложил он, — а то, знаете ли...

— Я уж и так читаю, читаю... — ответил Шариков и вдруг хищно и быстро налил себе полстакана водки.

— Зина! — тревожно закричал Филипп Филиппович. — Убирай, детка, водку, больше не нужна! Что же вы читаете? — В голове у него вдруг мелькнула картина: необитаемый остров, пальма и человек в звериной шкуре, в колпаке. «Надо будет Робинзона...»

— Эту... как ее... переписку Энгельса с этим... как его, дьявола... с Каутским.

Борменталь остановил на полдороге вилку с куском белого мяса, а Филипп Филиппович расплескал вино. Шариков в это время изловчился и проглотил водку.

Филипп Филиппович локти положил на стол, вгляделся в Шарикова и спросил:

— Позвольте узнать, что вы можете сказать по поводу прочитанного?

Шариков пожал плечами:

— Да не согласен я.

— С кем? С Энгельсом или с Каутским?

— С обоими, — ответил Шариков.

— Это замечательно, клянусь богом! «Всех, кто скажет, что другая!..» А что бы вы, со своей стороны, могли предложить?

— Да что тут предлагать... А то пишут, пишут... конгресс, немцы какие-то... голова пухнет! Взять все да и поделить...

— Так я и думал! — воскликнул Филипп Филиппович, шлепнув ладонью по скатерти. — Именно так и полагал!

— Вы и способ знаете? — спросил заинтересованный Борменталь.

— Да какой тут способ, — становясь словоохотливее после водки, объяснил Шариков, — дело нехитрое. А то что ж: один в семи комнатах расселся, штанов у него сорок пар, а другой шляется, в сорных ящиках питание ищет.

— Насчет семи комнат — это вы, конечно, на меня намекаете? — горделиво прищурившись, спросил Филипп Филиппович. Шариков съежился и промолчал.

— Что же, хорошо, я не против дележа. Доктор, скольким вы вчера отказали?

— Тридцати девяти человекам, — тотчас ответил Борменталь.

— Гм... Триста девяносто рублей. Ну, грех на троих мужчин. Дам — Зину и Дарью Петровну — считать не станем. С вас, Шариков, сто тридцать рублей, потрудитесь внести.

— Хорошенькое дело, — ответил Шариков, испугавшись, — это за что такое?

— За кран и за кота! — рявкнул вдруг Филипп Филиппович, выходя из состояния иронического спокойствия.

— Филипп Филиппович! — тревожно воскликнул Борменталь.

— Погодите! За безобразие, которое вы учинили и благодаря которому сорвали прием! Это нестерпимо! Человек, как первобытный, прыгает по всей квартире, рвет краны!.. Кто убил кошку у мадам Поллазухер? Кто...

— Вы, Шариков, третьего дня укусили даму на лестнице! — налетел Борменталь.

— Вы стоите... — кричал Филипп Филиппович.

— Да она меня по морде хлопнула! — взвизгнул Шариков. — У меня не казенная морда!

— Потому что вы ее за грудь ущипнули! — закричал Борменталь, опрокинув бокал. — Вы стоите!..

— Вы стоите на самой низшей ступени развития! — перекричал Филипп Филиппович. — Вы еще только формирующееся, слабое в умственном отношении существо, все ваши поступки чисто звериные, и вы, в присутствии двух людей с университетским образованием, позволяете себе, с развязностью совершенно невыносимой, подавать какие-то советы космического масштаба и космической же глупости о том, как все поделить, и вы в то же время наглотались зубного порошку!..

— Третьего дня, — подтвердил Борменталь.

— Ну, вот-с, — гремел Филипп Филиппович, — зарубите себе на носу... кстати, почему вы стерли с него цинковую мазь?.. что вам надо молчать и слушать, что вам говорят! Учиться и стараться стать хоть сколько-нибудь приемлемым членом социального общества! Кстати, какой негодяй снабдил вас этой книжкой?

— Все у вас негодяи, — испуганно ответил Шариков, оглушенный нападением с двух сторон.

— Я догадываюсь! — злобно краснея, воскликнул Филипп Филиппович.

— Ну что же... Ну Швондер и дал. Он не негодяй. Чтоб я развивался.

— Я вижу, как вы развились после Каутского! — визгливо и пожелтев, крикнул Филипп Филиппович. Тут он яростно нажал кнопку в стене. — Сегодняшний случай показывает это как нельзя лучше! Зина!

— Зина! — кричал Борменталь.

— Зина! — орал испуганный Шариков.

Зина прибежала бледная.

— Зина! Там, в приемной... Она в приемной?

— В приемной, — покорно ответил Шариков, — зеленая, как купорос.

— Зеленая книжка...

— Ну, сейчас палить! — отчаянно воскликнул Шариков. — Она казенная, из библиотеки!!

— Переписка называется... как его?.. Энгельса с этим чертом... В печку ее!

Зина повернулась и улетела.

— Я бы этого Швондера повесил, честное слово, на первом же суку! — воскликнул Филипп Филиппович, яростно впиваясь в крыло индюшки. — Сидит изумительная дрянь в доме, как нарыв. Мало того, что он пишет всякие бессмысленные пасквили в газетах...

Шариков злобно и иронически начал коситься на профессора. Филипп Филиппович в свою очередь отправил ему косой взгляд и умолк.

«Ох, ничего доброго у нас, кажется, не выйдет в квартире», — вдруг пророчески подумал Борменталь.

Зина внесла на круглом блюде рыжую с правого и румяную с левого бока бабу и кофейник.

— Я не буду ее есть, — сразу угрожающе и неприязненно заявил Шариков.

— Никто вас и не приглашает. Держите себя прилично! Доктор, прошу вас.

В молчании закончился обед. Шариков вытащил из кармана смятую папиросу и задымил. Откушав кофе, Филипп Филиппович поглядел на часы, нажал репетир, и они проиграли нежно восемь с четвертью. Филипп Филиппович откинулся, по своему обыкновению, на готическую спинку и потянулся к газетам на столике.

— Доктор, прошу вас, съездите с ним в цирк. Только, ради бога, посмотрите, в программе котов нету?

— И как такую сволочь в цирк допускают? — хмуро заметил Шариков, покачивая головой.

— Ну, мало ли кого туда допускают, — двусмысленно отозвался Филипп Филиппович, — что там у них?

— У Соломонского, — стал вычитывать Борменталь, — четыре каких-то... Юссемс и человек мертвой точки.

— Что это за Юссемс? — подозрительно осведомился Филипп Филиппович.

— Бог их знает, впервые это слово встречаю.

— Ну, тогда лучше смотрите у Никитина. Необходимо, чтобы все было ясно.

— У Никитина... У Никитина... гм... слоны и предел человеческой ловкости.

— Тэк-с. Что вы скажете относительно слонов, дорогой Шариков? — недоверчиво спросил Филипп Филиппович у Шарикова.

Тот обиделся.

— Что ж, я не понимаю, что ли? Кот — другое дело, а слоны — животные полезные, — ответил Шариков.

— Ну-с, и отлично. Раз полезные, поезжайте, поглядите на них. Ивана Арнольдовича слушаться надо. И ни в какие разговоры там не пускаться в буфете. Иван Арнольдович, покорнейше прошу пива Шарикову не предлагать.

Через десять минут Иван Арнольдович и Шариков, одетый в кепку с утиным носом и в драповое пальто с поднятым воротником, уехали в цирк. В квартире стихло. Филипп Филиппович оказался в своем кабинете. Он зажег лампу под тяжелым зеленым колпаком, отчего в громадном кабинете стало очень мирно, и начал мерять комнату.

Долго и жарко светился кончик сигары бледно-зеленым огнем. Руки профессор заложил в карманы брюк, и тяжкая дума терзала его ученый с взлизами лоб. Он причмокивал, напевал сквозь зубы «К берегам священным Нила...» и что-то бормотал.

Наконец отложил сигару в пепельницу, подошел к шкафу, сплошь состоящему из стекла, и весь кабинет осветил тремя сильнейшими огнями с потолка. Из шкафа, с третьей стеклянной полки, Филипп Филиппович вынул узкую банку и стал, нахмурившись, рассматривать ее на свет огней. В прозрачной и тяжелой жидкости плавал, не падая на дно, малый беленький комочек, извлеченный из недр шариковского мозга. Пожимая плечами, кривя губы и хмыкая, Филипп Филиппович пожирал его глазами, как будто в белом нетонущем комке хотел разглядеть причину удивительных событий, перевернувших вверх дном жизнь в пречистенской квартире.

Очень возможно, что высокоученый человек ее и разглядел. По крайней мере, вдоволь насмотревшись на придаток мозга, он банку спрятал в шкаф, запер его на ключ, ключ положил в жилетный карман, а сам обрушился, вдавив голову в плечи и глубочайше засунув руки в карманы пиджака, в кожу дивана. Он долго палил вторую сигару, совершенно изжевал ее конец и, в полном одиночестве, зеленоокрашенный, как седой Фауст, воскликнул наконец:

— Ей-богу, я, кажется, решусь!

Никто ему ничего не ответил на это. В квартире прекратились всякие звуки. В Обуховом переулке в одиннадцать часов, как известно, затихает движение. Редко-редко звучали отдаленные шаги запоздалого пешехода, они постукивали где-то за шторами и угасали. В кабинете нежно звенел под пальцами Филиппа Филипповича репетир в карманчике. Профессор нетерпеливо поджидал возвращения доктора Борменталя и Шарикова из цирка.

Глава 8

Неизвестно, на что решился Филипп Филиппович. Ничего особенного в течение следующей недели он не предпринимал, и, может быть, вследствие его бездействия квартирная жизнь переполнилась событиями.

Дней через шесть после истории с водой и котом из домкома к Шарикову явился молодой человек, оказавшийся женщиной, и вручил ему документы, которые Шариков немедленно заложил в карман пиджака и немедленно же после этого позвал доктора Борменталя:

— Борменталь!

— Нет, уж вы меня по имени и отчеству, пожалуйста, называйте! — отозвался Борменталь, меняясь в лице.

Нужно заметить, что в эти шесть дней хирург ухитрился раз восемь поссориться со своим воспитанником, и атмосфера в обуховских комнатах была душная.

— Ну, и меня называйте по имени и отчеству, — совершенно основательно ответил Шариков.

— Нет! — загремел в дверях Филипп Филиппович. — По такому имени и отчеству в моей квартире я вас не разрешу называть. Если вам угодно, чтобы вас перестали именовать фамильярно «Шариков», — и я и доктор Борменталь будем называть вас «господин Шариков».

— Я не господин, господа все в Париже, — отлаял Шариков.

— Швондерова работа! — кричал Филипп Филиппович. — Ну, ладно, посчитаюсь я с этим негодяем! Не будет никого, кроме господ, в моей квартире, пока я в ней нахожусь! В противном случае или я, или вы уйдем отсюда, и вернее всего — вы! Сегодня я помещу в газетах объявление, и, поверьте, я вам найду комнату!

— Ну да, такой я дурак, чтоб я съехал отсюда, — очень четко ответил Шариков.

— Как? — спросил Филипп Филиппович и до того изменился в лице, что Борменталь подлетел к нему и нежно и тревожно взял его за рукав.

— Вы, знаете, не нахальничайте, мсье Шариков. — Борменталь очень повысил голос. Шариков отступил, вытащил из кармана три бумаги, зеленую, желтую и белую, и, тыча в них пальцами, заговорил:

— Вот. Член жилищного товарищества, и жилплощадь мне полагается определенно в квартире номер пять у ответственного съемщика Преображенского в шестнадцать квадратных аршин. — Шариков подумал и добавил слово, которое Борменталь машинально отметил в мозгу как новое: — Благоволите.

Филипп Филиппович закусил губу и сквозь нее неосторожно вымолвил:

— Клянусь, что я этого Швондера в конце концов застрелю.

Шариков в высшей степени внимательно и остро принял эти слова, что было видно по его глазам.

— Филипп Филиппович, vorsichtig[1]... — предостерегающе начал Борменталь.

— Ну уж знаете... Если уж такую подлость!.. — вскричал Филипп Филиппович по-русски. — Имейте в виду, Шариков, господин... что я, если вы позволите еще одну наглую выходку, я лишу вас обеда и вообще питания в моем доме. Шестнадцать аршин,

---

[1] Осторожно (*нем.*).

это прелестно, но ведь я вас не обязан кормить по этой лягушачьей бумаге?

Тут Шариков испугался и приоткрыл рот.

— Я без пропитания оставаться не могу, — забормотал он, — где ж я буду харчеваться?

— Тогда ведите себя прилично, — в один голос завыли оба эскулапа.

Шариков значительно притих и в тот день не причинил никакого вреда никому, за исключением самого себя: пользуясь небольшой отлучкой Борменталя, он завладел его бритвой и распорол себе скулу так, что Филипп Филиппович и доктор Борменталь накладывали ему на порез швы, отчего Шариков долго выл, заливаясь слезами.

Следующую ночь в кабинете профессора в зеленом полумраке сидели двое — сам Филипп Филиппович и верный и привязанный к нему Борменталь. В доме уже спали. Филипп Филиппович был в своем лазоревом халате и красных туфлях, а Борменталь — в рубашке и синих подтяжках. Между врачами на круглом столе, рядом с пухлым альбомом, стояла бутылка коньяку, блюдечко с лимоном и сигарный ящик. Ученые, накурив полную комнату, с жаром обсуждали последние события: этим вечером Шариков присвоил в кабинете Филиппа Филипповича два червонца, лежавшие под прессом, пропал из квартиры, вернулся поздно и совершенно пьяный. Этого мало, с ним явились две неизвестных личности, шумевшие на парадной лестнице и изъявившие желание ночевать в гостях у Шарикова. Удалились означенные личности лишь после того, как Федор, присутствовавший при этой сцене в осеннем пальто, накинутом сверх белья, позвонил по телефону в сорок пятое отделение милиции. Личности мгновенно отбыли, лишь только Федор повесил трубку. Неизвестно куда после ухода личностей задевалась малахитовая пепельница с подзеркальника в передней, бобровая шапка Филиппа Филипповича и его же трость, на каковой трости золотою вязью было написано: «Дорогому и уважаемому Филиппу Филипповичу благодарные ординаторы в день...», дальше шла римская цифра «XXV».

— Кто они такие? — наступал Филипп Филиппович, сжимая кулаки, на Шарикова.

Тот, шатаясь и прилипая к шубам, бормотал насчет того, что личности эти ему неизвестны, что они не сукины сыны какие-нибудь, а хорошие.

— Изумительнее всего, что ведь они же оба пьяные, как же они ухитрились?! — поражался Филипп Филиппович, глядя на то место в стойке, где некогда помещалась память юбилея.

— Специалисты, — пояснил Федор, удаляясь спать с рублем в кармане.

От двух червонцев Шариков категорически отперся и при этом выговорил что-то неявственное насчет того, что вот, мол, он не один в квартире.

— Ага! Быть может, это доктор Борменталь свистнул червонцы? — осведомился Филипп Филиппович тихим, но страшным по оттенку голосом.

Шариков качнулся, открыл совершенно посоловевшие глаза и высказал предположение:

— А может быть, Зинка взяла...

— Что такое?! — закричала Зина, появившись в

дверях, как привидение, закрывая на груди расстегнутую кофточку ладонью. — Да как он...

Шея Филиппа Филипповича налилась красным цветом.

— Спокойно, Зинуша, — молвил он, простирая к ней руку, — не волнуйся, мы все это устроим.

Зина немедленно заревела, распустив губы, и ладонь запрыгала у нее на ключице.

— Зина! Как вам не стыдно! Кто же может подумать? Фу, какой срам, — заговорил Борменталь растерянно.

— Ну, Зина, ты — дура, прости господи, — начал Филипп Филиппович.

Но тут Зинин плач прекратился сам собой, и все умолкли. Шарикову стало нехорошо. Стукнувшись головой об стену, он издал звук не то «и», не то «е», вроде «иэээ». Лицо его побледнело, и судорожно задвигалась челюсть.

— Ведро ему, негодяю, из смотровой дать!

И все забегали, ухаживая за заболевшим Шариковым. Когда его отводили спать, он, пошатываясь в руках Борменталя, очень нежно и мелодически ругался скверными словами, выговаривая их с трудом.

Вся эта история произошла около часу, а теперь было часа три пополуночи, но двое в кабинете бодрствовали, взвинченные коньяком. Накурили они до того, что дым двигался густыми медленными плоскостями, даже не колыхаясь.

Доктор Борменталь приподнялся, бледный, с очень решительными глазами, поднял рюмку со стрекозиной тальей.

— Филипп Филиппович! — прочувственно воскликнул он. — Я никогда не забуду, как я, полуголодным студентом, явился к вам, и вы приютили меня при кафедре. Поверьте, Филипп Филиппович, вы для меня гораздо больше, чем профессор-учитель... мое безмерное уважение к вам... Позвольте вас поцеловать, дорогой Филипп Филиппович.

— Да, голубчик мой... — растерянно промычал Филипп Филиппович и поднялся ему навстречу. Борменталь его обнял и поцеловал в пушистые, сильно прокуренные усы.

— Ей-богу, Филипп Фили...

— Так растрогали, так растрогали... спасибо вам, — говорил Филипп Филиппович, — голубчик, я иногда на вас ору на операциях. Уж простите стариковскую вспыльчивость. В сущности, ведь я так одинок... «От Севильи до Гренады!..»

— Филипп Филиппович, не стыдно ли вам?.. — искренно воскликнул пламенный Борменталь. — Если вы не хотите меня обидеть, не говорите мне больше таким образом.

— Ну, спасибо вам... «К берегам священным Нила!..» Спасибо. И я вас полюбил как способного врача.

— Филипп Филиппович, я вам говорю... — страстно воскликнул Борменталь, сорвался с места, плотнее прикрыл дверь, ведущую в коридор, и, вернувшись, продолжал шепотом: — Ведь это единственный исход. Я не смею вам, конечно, давать советы, но, Филипп Филиппович, посмотрите на себя, вы совершенно замучились, ведь нельзя же больше работать!

— Абсолютно невозможно! — вздохнув, подтвердил Филипп Филиппович.

— Ну вот, это же немыслимо, — шептал Борменталь, — в прошлый раз вы говорили, что боитесь за меня, и если бы вы знали, дорогой профессор, как вы меня этим тронули. Но ведь я же не мальчик и сам соображаю, насколько это может получиться ужасная штука. Но, по моему глубокому убеждению, другого выхода нет.

Филипп Филиппович встал, замахал на него руками и воскликнул:

— И не соблазняйте, даже и не говорите, — профессор заходил по комнате, закачав дымные волны, — и слушать не буду. Понимаете, что получится, если нас накроют? Нам ведь с вами не «принимая во внимание происхождение» отъехать не придется, невзирая на нашу первую судимость. Ведь у вас нет подходящего происхождения, мой дорогой?

— Какой там черт... Отец был судебным следователем в Вильно, — горестно ответил Борменталь, допивая коньяк.

— Ну вот-с, не угодно ли. Ведь это же дурная наследственность. Пакостнее ее и представить себе ничего нельзя. Впрочем, виноват, у меня еще хуже. Отец — кафедральный протоиерей. Мерси... «От Севильи до Гренады в тихом сумраке ночей...» Вот, черт ее возьми!

— Филипп Филиппович, вы — величина мирового значения, и из-за какого-то, извините за выражение, сукиного сына... Да разве они могут вас тронуть, помилуйте!

— Тем более не пойду на это, — задумчиво возразил Филипп Филиппович, останавливаясь и озираясь на стеклянный шкаф.

— Да почему?!

— Потому что вы-то ведь не величина мирового значения?

— Где уж...

— Ну вот-с. А бросить коллегу в случае катастрофы, самому же выскочить на мировом значении, простите... Я — московский студент, а не Шариков! — Филипп Филиппович горделиво поднял плечи и сделался похож на французского древнего короля.

— Филипп Филиппович, эх!.. — горестно воскликнул Борменталь. — Значит, что же? Терпеть? Вы будете ждать, пока удастся из этого хулигана сделать человека?

Филипп Филиппович жестом руки остановил его, налил себе коньяку, хлебнул, пососал лимон и заговорил:

— Иван Арнольдович, как по-вашему, я понимаю что-либо в анатомии и физиологии, ну, скажем, человеческого мозгового аппарата? Как ваше мнение?

— Филипп Филиппович, что вы спрашиваете? — с большим чувством ответил Борменталь и развел руками.

— Ну хорошо. Без ложной скромности. Я тоже полагаю, что в этом я не самый последний человек в Москве.

— А я полагаю, что вы — первый, и не только в Москве, а и в Лондоне и в Оксфорде! — яростно перебил его Борменталь.

— Ну ладно, пусть будет так. Ну так вот-с, будущий профессор Борменталь: это никому не удастся. Кончено. Можете и не спрашивать. Так и сошлитесь на меня. Скажите, Преображенский сказал. Финита!

Клим! — вдруг торжественно воскликнул Филипп Филиппович, и шкаф ответил ему звоном. — Клим! — повторил он. — Вот что, Борменталь, вы — первый ученик моей школы и, кроме этого, мой друг, как я убедился сегодня. Так вот вам, как другу, сообщу, по секрету, — конечно, я знаю, вы не станете срамить меня, — старый осел Преображенский нарвался на этой операции, как третьекурсник. Правда, открытие получилось, вы сами знаете какое, — тут Филипп Филиппович горестно указал обеими руками на оконную штору, очевидно намекая на Москву, — но только имейте в виду, Иван Арнольдович, что единственным результатом этого открытия будет то, что все мы теперь будем иметь этого Шарикова вот где, — здесь Преображенский похлопал себя по крутой и склонной к параличу шее, — будьте спокойны-с! Если бы кто-нибудь, — сладострастно продолжал Филипп Филиппович, — разложил меня здесь и выпорол, я бы, клянусь, заплатил червонцев пять... «От Севильи до Гренады...» Черт меня возьми... Ведь я пять лет сидел, выковыривая придатки из мозгов... Вы знаете, какую я работу проделал, уму непостижимо. И вот теперь спрашивается, зачем? Чтобы в один прекрасный день милейшего пса превратить в такую мразь, что волосы дыбом встают!

— Исключительное что-то...

— Совершенно с вами согласен. Вот, доктор, что получается, когда исследователь вместо того, чтобы идти ощупью и параллельно с природой, форсирует вопрос и приподымает завесу! На, получай Шарикова и ешь его с кашей!

— Филипп Филиппович, а если бы мозг Спинозы?

— Да! — рявкнул Филипп Филиппович. — Да! Если только злосчастная собака не помрет у меня под ножом, а вы видели, какого сорта эта операция. Одним словом, я, Филипп Преображенский, ничего труднее не делал в своей жизни. Можно привить гипофиз Спинозы или еще какого-нибудь такого лешего и соорудить из собаки чрезвычайно высоко стоящее, но на какого дьявола, спрашивается? Объясните мне, пожалуйста, зачем нужно искусственно фабриковать Спиноз, когда любая баба может его родить когда угодно!.. Ведь родила же в Холмогорах мадам Ломоносова этого своего знаменитого. Доктор, человечество само заботится об этом и, в эволюционном порядке каждый год упорно выделяя из массы всякой мрази, создает десятками выдающихся гениев, украшающих земной шар. Теперь вам понятно, доктор, почему я опорочил ваш вывод в истории шариковской болезни. Мое открытие, черти бы его съели, с которым вы носитесь, стоит ровно один ломаный грош... Да не спорьте, Иван Арнольдович, я все ведь уже понял. Я же никогда не говорю на ветер, вы это отлично знаете. Теоретически это интересно, ну ладно. Физиологи будут в восторге... Москва беснуется... Ну а практически что? Кто теперь перед вами? — Преображенский указал пальцем в сторону смотровой, где почивал Шариков.

— Исключительный прохвост.

— Но кто он? Клим! Клим! — крикнул профессор. — Клим Чугункин! (Борменталь открыл рот.) Вот что-с: две судимости, алкоголизм, «все поделить», шапка и два червонца пропали (тут Филипп Филиппович вспомнил юбилейную палку и побагровел), хам и свинья... Ну, эту палку я найду. Одним словом, гипофиз — закрытая камера, определяющая человеческое данное лицо. Данное! «От Севильи до Гренады...» — свирепо вращая глазами, кричал Филипп Филиппович, — а не общечеловеческое! Это в миниатюре сам мозг! И мне он совершенно не нужен, ну его ко всем свиньям! Я заботился совсем о другом, об евгенике, об улучшении человеческой породы. И вот на омоложении нарвался! Неужели вы думаете, что я из-за денег произвожу их? Ведь я же все-таки ученый...

— Вы — великий ученый, вот что, — молвил Борменталь, глотая коньяк. Глаза его налились кровью.

— Я хотел проделать маленький опыт, после того как два года тому назад впервые получил из гипофиза вытяжку полового гормона. И вместо этого что ж получилось, боже ты мой! Этих гормонов в гипофизе, о господи... Доктор, передо мной тупая безнадежность, я, клянусь, потерялся.

Борменталь вдруг засучил рукава и произнес, кося глазами к носу:

— Тогда вот что, дорогой учитель, если вы не желаете, я сам, на свой риск, покормлю его мышьяком. Черт с ним, что и папа — судебный следователь. Ведь, в конце концов, это ваше собственное экспериментальное существо.

Филипп Филиппович потух, обмяк, завалился в кресло и сказал:

— Нет, я не позволю вам этого, милый мальчик. Мне шестьдесят лет, я вам могу давать советы. На преступление не идите никогда, против кого бы оно ни было направлено. Доживите до старости с чистыми руками.

— Помилуйте, Филипп Филиппович, да ежели его еще обработает этот Швондер, что ж из него получится? Боже мой, я только теперь начинаю понимать, что может выйти из этого Шарикова!

— Ага? Теперь поняли. А я понял через день после операции. Ну, так вот, Швондер и есть самый главный дурак. Он не понимает, что Шариков для него еще более грозная опасность, чем для меня. Ну, сейчас он всячески старается натравить его на меня, не соображая, что если кто-нибудь, в свою очередь, натравит Шарикова на самого Швондера, то от него останутся только рожки да ножки!

— Еще бы, одни коты чего стоят! Человек с собачьим сердцем!

— О нет, о нет, — протяжно ответил Филипп Филиппович, — вы, доктор, делаете крупнейшую ошибку, ради бога, не клевещите на пса. Коты — это временно... Это вопрос дисциплины и двух-трех недель. Уверяю вас. Еще какой-нибудь месяц, и он перестанет на них кидаться.

— А почему же теперь?..

— Иван Арнольдович, это элементарно, что вы, на самом деле, спрашиваете? Да ведь гипофиз не повиснет же в воздухе. Ведь он все-таки привит на собачий мозг, дайте же ему прижиться. Сейчас Шариков проявляет уже только остатки собачьего, и поймите, что коты — это лучшее из всего, что он делает. Сообразите, что весь ужас в том, что у него уже не собачье, а именно человеческое сердце. И самое паршивое из всех, которые существуют в природе.

До последней степени взвинченный Борменталь сжал сильные худые руки в кулаки, повел плечами и твердо молвил:

— Кончено. Я его убью.

— Запрещаю это, — категорически ответил Филипп Филиппович.

— Да помилуйте...

Филипп Филиппович вдруг насторожился, поднял палец.

— Погодите-ка... Мне шаги послышались.

Оба прислушались, но в квартире было тихо.

— Показалось, — молвил Филипп Филиппович и с жаром заговорил по-немецки. В его словах несколько раз звучало русское слово «уголовщина».

— Минуточку, — вдруг насторожился Борменталь и шагнул к двери. Шаги послышались явственно и приблизились к кабинету. Кроме того, бубнил голос. Борменталь распахнул дверь и отпрянул в изумлении. Совершенно пораженный Филипп Филиппович застыл в кресле.

В освещенном четырехугольнике коридора предстала в одной ночной сорочке Дарья Петровна с боевым и пылающим лицом. И врача и профессора ослепило обилие мощного и, как от страху показалось обоим, совершенно голого тела. В могучих руках Дарья Петровна волокла что-то, и это «что-то», упираясь, садилось назад, и небольшие его ноги, крытые черным пухом, заплетались по паркету. «Что-то», конечно, оказалось Шариковым, совершенно потерянным, все еще пьяненьким, разлохмаченным и в одной рубашке.

Дарья Петровна, грандиозная и нагая, тряхнула

Шарикова, как мешок с картофелем, и произнесла такие слова:

— Полюбуйтесь, господин профессор, на нашего визитера Телеграфа Телеграфовича. Я замужем была, а Зина невинная девушка. Хорошо, что я проснулась.

Окончив эту речь, Дарья Петровна впала в состояние стыда, вскрикнув, закрыла грудь руками и унеслась.

— Дарья Петровна, извините, ради бога! — опомнившись, крикнул ей вслед красный Филипп Филиппович.

Борменталь повыше засучил рукава рубашки и двинулся к Шарикову. Филипп Филиппович, заглянув ему в глаза, ужаснулся.

— Что вы, доктор! Я запрещаю...

Борменталь правой рукой взял Шарикова за шиворот и тряхнул его так, что полотно сзади на сорочке треснуло, а спереди с горла отскочила пуговка.

Филипп Филиппович бросился наперерез и стал выдирать щуплого Шарикова из цепких хирургических рук.

— Вы не имеете права биться, — полузадушенный, кричал Шариков, садясь наземь и трезвея.

— Доктор! — вопил Филипп Филиппович.

Борменталь несколько пришел в себя и выпустил Шарикова, после чего тот сейчас же захныкал.

— Ну, ладно, — прошипел Борменталь, — подождем до утра. Я ему устрою бенефис, когда он отрезвится.

Тут он ухватил Шарикова под мышки и поволок

его в приемную спать. При этом Шариков сделал попытку брыкаться, но ноги его не слушались.

Филипп Филиппович растопырил ноги, отчего лазоревые полы разошлись, возвел руки и глаза к потолочной лампе в коридоре и молвил:

— Ну-ну...

Глава 9

Бенефис Шарикова, обещанный доктором Борменталем, не состоялся, однако, на следующее утро по той причине, что Полиграф Полиграфович исчез из дома. Борменталь пришел в яростное отчаяние, обругал себя ослом за то, что не спрятал ключ от парадной двери, кричал, что это непростительно, и кончил пожеланием, чтобы Шариков попал под автобус. Филипп Филиппович сидел в кабинете, запустив пальцы в волосы, и говорил:

— Воображаю, что будет твориться на улице... Воображаю. «От Севильи до Гренады...» Боже мой...

— Он в домкоме еще может быть, — бесновался Борменталь и куда-то бегал.

В домкоме он поругался с председателем Швондером до того, что тот сел писать заявление в народный суд Хамовнического района, крича при этом, что он не сторож питомца профессора Преображенского, тем более что этот питомец Полиграф не далее как вчера оказался прохвостом, взяв в домкоме, якобы на покупку учебников в кооперативе, семь рублей.

Федор, заработавший на этом деле три рубля, обыскал весь дом сверху донизу. Нигде никаких следов Шарикова не было.

Выяснилось только одно, что Полиграф отбыл на

рассвете, в кепке, шарфе и пальто, захватив с собой бутылку рябиновой из буфета, перчатки доктора Борменталя и все свои документы. Дарья Петровна и Зина, не скрывая, выразили бурную радость и надежду, что Шариков больше не вернется. У Дарьи Петровны Шариков занял накануне три рубля пятьдесят.

— Так вам и надо! — рычал Филипп Филиппович, потрясая кулаками.

Целый день звенел телефон, звенел телефон на другой день, — врачи принимали необыкновенное количество пациентов, а на третий день вплотную встал в кабинете вопрос о том, что нужно дать знать в милицию, каковая должна разыскать Шарикова в московском омуте.

И только что было произнесено слово «милиция», как благоговейную тишину Обухова переулка прорезал лай грузовика и окна в доме дрогнули. Затем прозвучал уверенный звонок, и Полиграф Полиграфович оказался в передней. И профессор и доктор вышли его встречать. Полиграф вошел с необычайным достоинством, в полном молчании снял кепку, пальто повесил на рога и оказался в новом виде. На нем была кожаная куртка с чужого плеча, кожаные же потертые штаны и английские высокие сапожки на шнуровке до колен. Преображенский и Борменталь, точно по команде, скрестили руки на груди и стали у притолоки, ожидая первых сообщений от Полиграфа Полиграфовича. Тот пригладил жесткие волосы, кашлянул и осмотрелся так, что видно было — смущение Полиграф желает скрыть при помощи развязности.

— Я, Филипп Филиппович, — начал он наконец говорить, — на должность поступил.

Оба врача издали неопределенный сухой звук горлом и шевельнулись. Преображенский опомнился первый, руку протянул и молвил:

— Бумагу дайте.

Было напечатано:

«Предъявитель сего товарищ Полиграф Полиграфович действительно состоит заведующим подотделом очистки города Москвы от бродячих животных (котов и прочее) в отделе М.К.Х.».

— Так, — тяжело сказал Филипп Филиппович, — кто же вас устроил? Ах, впрочем, я и сам догадываюсь...

— Ну да, Швондер, — ответил Шариков.

— Позвольте вас спросить, почему от вас так отвратительно пахнет?

Шариков понюхал куртку озабоченно.

— Ну, что же, пахнет... известно. По специальности. Вчера котов душили, душили.

Филипп Филиппович вздрогнул и посмотрел на Борменталя. Глаза у того напоминали два черных дула, направленных на Шарикова в упор. Без всяких предисловий он двинулся к Шарикову и легко и уверенно взял его за глотку.

— Караул, — пискнул Шариков, бледнея.

— Доктор?!

— Ничего не позволю себе дурного, Филипп Филиппович, не беспокойтесь, — железным голосом отозвался Борменталь и завопил: — Зина и Дарья Петровна!

Те появились в передней.

— Ну, повторяйте, — сказал Борменталь и чуть-

чуть притиснул горло Шарикова к шубе, — извините меня...

— Ну хорошо, повторяю, — сиплым голосом ответил совершенно пораженный Шариков, вдруг набрал воздуху, дернулся и попытался крикнуть «караул», но крик не вышел, и голова его совсем погрузилась в шубу.

— Доктор, умоляю вас!

Шариков закивал головой, давая знать, что он покоряется и будет повторять.

— ...извините меня, многоуважаемая Дарья Петровна и Зинаида...

— Прокофьевна, — шепнула испуганно Зина.

— Прокофьевна... — говорил, перехватывая воздуху, охрипший Шариков.

— ...что я позволил себе...

— ...позволил...

— ...себе гнусную выходку ночью в состоянии опьянения...

— ...опьянения...

— Никогда больше не буду...

— Не бу...

— Пустите, пустите его, Иван Арнольдович, — взмолились одновременно обе женщины, — вы его задавите!

Борменталь выпустил Шарикова на свободу и сказал:

— Грузовик вас ждет?

— Нет, — почтительно ответил Полиграф, — он только меня привез.

— Зина, отпустите машину. Теперь имейте в виду

следующее: вы опять вернулись в квартиру Филиппа Филипповича?..

— Куда же мне еще? — робко ответил Шариков, блуждая глазами.

— Отлично-с. Быть тише воды, ниже травы. В противном случае за каждую безобразную выходку будете иметь со мной дело! Понятно?

— Понятно, — ответил Шариков.

Филипп Филиппович во все время насилия над Шариковым хранил молчание. Как-то жалко он съежился у притолоки и грыз ноготь, потупив глаза в паркет. Потом вдруг поднял их на Шарикова и спросил глухо и автоматически:

— Что же вы делаете с этими... с убитыми котами?

— На польты пойдут, — ответил Шариков, — из них белок будут делать на рабочий кредит.

Засим в квартире настала тишина и продолжалась двое суток. Полиграф Полиграфович утром уезжал на гремящем грузовике, появлялся вечером, тихо обедал в компании Филиппа Филипповича и Борменталя. Несмотря на то что Борменталь и Шариков спали в одной комнате — приемной, они не разговаривали друг с другом, так что Борменталь соскучился первый.

Дня через два в квартире появилась худенькая, с подрисованными глазами барышня в кремовых чулочках и очень смутилась при виде великолепия квартиры. В вытертом пальтишке она шла следом за Шариковым и в передней столкнулась с профессором.

Тот оторопел, остановился, прищурился и спросил:

— Позвольте узнать?..

— Я с ней расписываюсь, это наша машинистка,

жить со мной будет. Борменталя надо будет выселить из приемной, у него своя квартира есть, — крайне неприязненно и хмуро пояснил Шариков.

Филипп Филиппович поморгал глазами, подумал, глядя на побагровевшую барышню, и очень вежливо пригласил ее:

— Я вас попрошу на минутку ко мне в кабинет.

— И я с ней пойду, — быстро и подозрительно молвил Шариков.

И тут моментально вынырнул, как из-под земли, решительный Борменталь.

— Извините, — сказал он, — профессор побеседует с дамой, а уж мы с вами побудем здесь.

— Я не хочу, — злобно отозвался Шариков, пытаясь устремиться вслед за сгорающей от страху барышней и Филиппом Филипповичем.

— Нет, простите. — Борменталь взял Шарикова за кисть руки, и они пошли в смотровую.

Минут пять из кабинета ничего не слышалось, а потом вдруг глухо донеслись рыдания барышни.

Филипп Филиппович стоял у стола, а барышня плакала в грязный кружевной платочек.

— Он сказал, негодяй, что ранен в боях, — рыдала барышня.

— Лжет! — непреклонно отвечал Филипп Филиппович. Он покачал головой и продолжал: — Мне вас искренне жаль, но нельзя же так, с первым встречным, только из-за служебного положения... Детка, ведь это же безобразие... Вот что...

Он открыл ящик письменного стола и вынул три бумажки по три червонца.

— Я отравлюсь, — плакала барышня, — в столовке солонина каждый день... он угрожает, говорит, что он красный командир... со мной, говорит, будешь жить в роскошной квартире... каждый день ананасы... психика у меня добрая, говорит, я только котов ненавижу... Он у меня кольцо на память взял...

— Ну, ну, ну, ну, психика добрая, «от Севильи до Гренады», — бормотал Филипп Филиппович, — нужно перетерпеть, вы еще так молоды...

— Неужели в этой самой подворотне?

— Берите деньги, когда дают, взаймы, — рявкал Филипп Филиппович.

Затем торжественно распахнулись двери, и Борменталь, по приглашению Филиппа Филипповича, ввел Шарикова. Тот бегал глазами, и шерсть на голове у него возвышалась, как щетка.

— Подлец! — выговорила барышня, сверкая заплаканными размазанными глазами и полосатым напудренным носом.

— Отчего у вас шрам на лбу, потрудитесь объяснить этой даме, — вкрадчиво спросил Филипп Филиппович.

Шариков сыграл ва-банк.

— Я на колчаковских фронтах ранен, — пролаял он.

Барышня встала и с громким плачем вышла.

— Перестаньте! — крикнул ей вслед Филипп Филиппович. — Погодите! Колечко позвольте, — сказал он, обращаясь к Шарикову.

Тот покорно снял с пальца дутое колечко с изумрудом.

— Ну ладно, — вдруг злобно сказал он, — попомнишь ты у меня. Завтра я тебе устрою сокращение штатов!

— Не бойтесь его! — крикнул вслед Борменталь. — Я ему не позволю ничего сделать. — Он повернулся и поглядел на Шарикова так, что тот попятился и стукнулся затылком об шкаф.

— Как ее фамилия? — спросил у него Борменталь. — Фамилия!! — заревел он вдруг и стал дик и страшен.

— Васнецова, — ответил Шариков, ища глазами, как бы улизнуть.

— Ежедневно, — взявшись за лацкан шариковской куртки, выговорил Борменталь, — сам лично буду справляться в очистке, не сократили ли гражданку Васнецову. И если только вы... узнаю, что сократили, я вас собственными руками здесь же пристрелю! Берегитесь, Шариков, говорю русским языком!

Шариков, не отрываясь, смотрел на борменталевский нос.

— У самих револьверы найдутся... — пробормотал Полиграф, но очень вяло и вдруг, изловчившись, брызнул в дверь.

— Берегитесь! — донесся ему вдогонку борменталевский крик.

Ночь и половину следующего дня в квартире висела туча, как перед грозой. Но все молчали. И вот на следующий день, когда Полиграф Полиграфович, которого утром кольнуло скверное предчувствие, мрачный уезжал на грузовике к месту службы, профессор Преображенский, в совершенно неурочный час, принял одного из своих прежних пациентов, толстого и рослого человека в военной форме. Тот настойчиво добивался свидания и добился. Войдя в кабинет, он вежливо щелкнул каблуками.

— У вас боли, голубчик, возобновились? — спросил его осунувшийся Филипп Филиппович. — Садитесь, пожалуйста.

— Мерси. Нет, профессор, — ответил гость, ставя шлем на угол стола, — я вам очень признателен. Гм... Я приехал к вам по другому делу, Филипп Филиппович... Питая большое уважение... Гм. Предупредить... Явная ерунда. Просто он — прохвост...

Пациент полез в портфель и вынул бумагу.

— Хорошо, что мне непосредственно доложили...

Филипп Филиппович оседлал нос пенсне поверх очков и принялся читать. Он долго бормотал про себя, меняясь в лице каждую секунду.

«...а также угрожал убить председателя домкома товарища Швондера, из чего видно, что хранит огнестрельное оружие. И произносит контрреволюционные речи, и даже Энгельса приказал своей социал-прислужнице Зинаиде Прокофьевой Буниной спалить в печке, как явный меньшевик со своим ассистентом Борменталем Иваном Арнольдовым, который тайно не прописанный проживает в его квартире. Подпись заведующего подотделом очистки П. П. Шарикова удостоверяю.

Председатель домкома Швондер,
секретарь Пеструхин».

— Вы позволите мне это оставить у себя? — спросил Филипп Филиппович, покрываясь пятнами. — Или, виноват, может быть, это вам нужно, чтобы дать законный ход делу?

— Извините, профессор, — очень обиделся пациент и раздул ноздри, — вы действительно очень уж презрительно смотрите на нас. Я... — И тут он стал надуваться, как индейский петух.

— Ну, извините, извините, голубчик, — забормотал Филипп Филиппович, — простите, я, право, не хотел вас обидеть.

— Мы умеем читать бумаги, Филипп Филиппович!

— Голубчик, не сердитесь, меня он так задергал...

— Я думаю, — совершенно отошел пациент, — но какая все-таки дрянь! Любопытно было б взглянуть на него. В Москве прямо легенды какие-то про вас рассказывают.

Филипп Филиппович только отчаянно махнул рукой. Тут пациент разглядел, что профессор сгорбился и даже как будто более поседел за последнее время.

Преступление созрело и упало, как камень, как это обычно и бывает. С сосущим нехорошим сердцем вернулся в грузовике Полиграф Полиграфович. Голос Филиппа Филипповича пригласил его в смотровую. Удивленный Шариков пришел и с неясным страхом заглянул в дуло на лице Борменталя, а затем и Филиппа Филипповича. Туча ходила вокруг ассистента, и левая его рука с папиросой чуть вздрагивала на блестящей ручке акушерского кресла.

Филипп Филиппович со спокойствием очень зловещим сказал:

— Сейчас заберете вещи, брюки, пальто, все, что вам нужно, и вон из квартиры.

— Как это так? — искренно удивился Шариков.

— Вон из квартиры сегодня, — монотонно повторил Филипп Филиппович, щурясь на свои ногти.

Какой-то нечистый дух вселился в Полиграфа Полиграфовича, очевидно, гибель уже караулила его и рок стоял у него за плечами. Он сам бросился в объятия неизбежного и гавкнул злобно и отрывисто:

— Да что такое, в самом деле? Что я, управы, что ли, не найду на вас? Я на шестнадцати аршинах здесь сижу и буду сидеть!

— Убирайтесь из квартиры, — задушенно шепнул Филипп Филиппович.

Шариков сам пригласил свою смерть. Он поднял левую руку и показал Филиппу Филипповичу обкусанный, с нестерпимым кошачьим запахом шиш. А затем правой рукой, по адресу опасного Борменталя, из кармана вынул револьвер. Папироса Борменталя упала падучей звездой, и через несколько секунд прыгающий по битым стеклам Филипп Филиппович в ужасе метался от шкафа к кушетке. На ней, распростертый и хрипящий, лежал заведующий подотделом очистки, а на груди у него помещался хирург Борменталь и душил его белой маленькой подушкой.

Через несколько минут доктор Борменталь, не со своим лицом, прошел на парадный ход и рядом с кнопкой звонка наклеил записку:

«Сегодня приема по случаю болезни профессора нет. Просят не беспокоить звонками».

Блестящим перочинным ножиком он перерезал провод звонка, в зеркале осмотрел исцарапанное в кровь свое лицо и изодранные, мелкой дрожью прыгающие руки. Затем он появился в дверях кухни и настороженным Зине и Дарье Петровне сказал:

— Профессор просит вас никуда не уходить из квартиры.

— Хорошо, — робко ответили Зина и Дарья Петровна.

— Позвольте мне запереть дверь на черный ход и забрать ключ, — заговорил Борменталь, прячась за дверь в тень и прикрывая ладонью лицо. — Это временно, не из недоверия к вам. Но кто-нибудь придет, а вы не выдержите и откроете, а нам нельзя мешать, мы заняты.

— Хорошо, — ответили женщины и сейчас же стали бледными.

Борменталь запер черный ход, забрал ключ, запер парадный, запер дверь из коридора в переднюю, и шаги его пропали у смотровой.

Тишина покрыла квартиру, заползла во все углы. Полезли сумерки, скверные, настороженные, одним словом — мрак.

Правда, впоследствии соседи через двор говорили, что будто бы в окнах смотровой, выходящих во двор, в этот вечер горели у Преображенского все огни и даже будто бы они видели белый колпак самого профессора... Проверить это трудно. Правда, и Зина, когда уже все кончилось, болтала, что в кабинете, у камина, после того как Борменталь и профессор вышли из смотровой, ее до смерти напугал Иван Арнольдович. Якобы он сидел в кабинете на корточках и жег в камине собственноручно тетрадь в синей обложке из той пачки, в которой записывались истории болезни профессорских пациентов. Лицо будто бы у доктора было совершенно зеленое и все, ну все, вдребезги исцарапанное. И Филипп Филиппович в тот вечер сам на себя не был похож. И еще, что... Впрочем, может быть, невинная девушка из пречистенской квартиры и врет...

За одно можно ручаться. В квартире в этот вечер была полнейшая и ужаснейшая тишина.

Эпилог

Ночь в ночь через десять дней после сражения в смотровой в квартире профессора Преображенского, что в Обуховом переулке, ударил резкий звонок. Зину смертельно напугали голоса за дверью:

— Уголовная милиция и следователь. Благоволите открыть.

Забегали шаги, застучали, стали входить, и в сверкающей от огней приемной с заново застекленными шкафами оказалась масса народа. Двое в милицейской форме, один в черном пальто с портфелем, злорадный и бледный председатель Швондер, юноша-женщина, швейцар Федор, Зина, Дарья Петровна и полуодетый Борменталь, стыдливо прикрывающий горло без галстуха.

Дверь из кабинета пропустила Филиппа Филипповича. Он вышел в известном всем лазоревом халате, и тут же все могли убедиться сразу, что Филипп Филиппович очень поправился в последнюю неделю. Прежний властный и энергичный Филипп Филиппович, полный достоинства, предстал перед ночными гостями и извинился, что он в халате.

— Не стесняйтесь, профессор, — очень смущенно отозвался человек в штатском. Затем он замялся и заговорил: — Очень неприятно... У нас есть ордер на обыск в вашей квартире и... — человек покосился на усы Филиппа Филипповича и докончил: — и арест, в зависимости от результатов.

Филипп Филиппович прищурился и спросил:

— А по какому обвинению, смею спросить, и кого?

Человек почесал щеку и стал вычитывать по бумажке из портфеля:

— По обвинению Преображенского, Борменталя, Зинаиды Буниной и Дарьи Ивановой в убийстве заведующего подотделом очистки М.К.Х. Полиграфа Полиграфовича Шарикова.

Рыдания Зины покрыли конец его слов. Произошло движение.

— Ничего не понимаю, — ответил Филипп Филиппович, королевски вздергивая плечи, — какого такого Шарикова? Ах, виноват, этого моего пса... которого я оперировал?

— Простите, профессор, не пса, а когда он уже был человеком. Вот в чем дело.

— То есть он говорил? — спросил Филипп Филиппович. — Это еще не значит быть человеком! Впрочем, это не важно. Шарик и сейчас существует, и никто его решительно не убивал.

— Профессор, — очень удивленно заговорил черный человек и поднял брови, — тогда его придется предъявить. Десятый день, как пропал, а данные, извините меня, очень нехорошие.

— Доктор Борменталь, благоволите предъявить Шарика следователю, — приказал Филипп Филиппович, овладевая ордером.

Доктор Борменталь, криво улыбнувшись, вышел.

Когда он вернулся и посвистал, за ним из двери кабинета выскочил пес странного качества. Пятнами он был лыс, пятнами на нем отрастала шерсть. Вышел он, как ученый циркач, на задних лапах, потом опустился на все четыре и осмотрелся. Гробовое молчание застыло в приемной, как желе. Кошмарного вида пес, с багровым шрамом на лбу, вновь поднялся на задние лапы и, улыбнувшись, сел в кресло.

Второй милицейский вдруг перекрестился размашистым крестом и, отступив, сразу отдавил Зине обе ноги.

Человек в черном, не закрывая рта, выговорил такое:

— Как же, позвольте?.. Он же служил в очистке...

— Я его туда не назначал, — ответил Филипп Филиппович, — ему господин Швондер дал рекомендацию, если я не ошибаюсь.

— Я ничего не понимаю, — растерянно сказал черный и обратился к первому милицейскому: — Это он?

— Он, — беззвучно ответил милицейский, — форменно он.

— Он самый, — послышался голос Федора, — только, сволочь, опять оброс.

— Он же говорил?.. Кхе... Кхе...

— И сейчас еще говорит, но только все меньше и меньше, так что пользуйтесь случаем, а то он скоро совсем умолкнет.

— Но почему же? — тихо осведомился черный человек.

Филипп Филиппович пожал плечами.

— Наука еще не знает способа обращать зверей в людей. Вот я попробовал, да только неудачно, как видите. Поговорил и начал обращаться в первобытное состояние. Атавизм!

— Неприличными словами не выражаться! — вдруг гаркнул пес с кресла и встал.

Черный человек внезапно побледнел, уронил портфель и стал падать на бок, милицейский подхватил его сбоку, а Федор сзади. Произошла суматоха, и в ней отчетливее всего были слышны три фразы:

Филиппа Филипповича: «Валерьянки! Это обморок».

Доктора Борменталя: «Швондера я собственноручно сброшу с лестницы, если он еще раз появится в квартире профессора Преображенского!»

И Швондера: «Прошу занести эти слова в протокол!»

Серые гармонии труб грели. Шторы скрыли густую пречистенскую ночь с ее одинокою звездою. Высшее существо, важный песий благотворитель сидел в кресле, а пес Шарик, привалившись, лежал на ковре у кожаного дивана. От мартовского тумана пес по утрам страдал головными болями, которые мучили его кольцом по головному шву. Но от тепла к вечеру они проходили. И сейчас легчало, легчало, и мысли в голове у пса текли складные и теплые.

«Так свезло мне, так свезло, — думал он, задремывая, — просто неописуемо свезло. Утвердился я в этой квартире. Окончательно уверен я, что в моем происхождении нечисто. Тут не без водолаза. Потаскуха была моя бабушка, царство ей небесное, старушке. Утвердился. Правда, голову всю исполосовали зачем-то, но это заживет до свадьбы. Нам на это нечего смотреть».

В отдалении глухо позвякивали склянки. Тяпнутый убирал в шкафах смотровой.

Седой же волшебник сидел и напевал:

— «К берегам священным Нила...»

Пес видел страшные дела. Руки в скользких перчатках важный человек погружал в сосуд, доставал мозги. Упорный человек настойчиво все чего-то добивался в них, резал, рассматривал, щурился и пел:

— «К берегам священным Нила...»

Январь — март 1925 года

ЗОЙКИНА КВАРТИРА

Действующие лица

Зойка.
Абольянинов.
Аметистов.
Манюшка.
Портупея.
Гандзалин.
Херувим.
Алла.
Гусь.
Лизанька.
Марья Никифоровна.
Мадам Иванова.
Роббер.
Мертвое тело.
Закройщица.
Швея.
Первая дама.
Вторая дама.
Третья дама.
Первый неизвестный.
Второй неизвестный.
Третий неизвестный.
Четвертый неизвестный.

Действие происходит в Москве в 20-х годах XX столетия.

Акт первый

Видны передняя, гостиная и спальня в квартире Зои. В окнах пылает майский закат. За окнами двор громадного дома играет, как страшная музыкальная табакерка. Граммофон поет: «На земле весь род людской...» Кто-то кричит: «Покупаем примуса!» Другой: «Точить ножи-ножницы!..» Третий: «Самовары паяем!..» Граммофон: «Чтит один кумир священный...» Изредка гудит трамвай. Редкие автомобильные сигналы. Адский концерт. Вот он несколько стихает, и гармоника играет веселую польку.

З о я *(переодеваясь у зеркального шкафа, напевает эту польку)*. Пойдем, пойдем, ангел милый... Есть бумажка!.. Я достала... Есть бумажка...

М а н ю ш к а *(внезапно появившись)*. Зоя Денисовна! Портупея к нам влез!

З о я *(шепотом)*. Гони его, гони! Скажи, что меня дома нет!

М а н ю ш к а. Да он, проклятый, по черному ходу...

З о я. Выставь, выставь! Скажи, что я ушла. *(Прячется в зеркальный шкаф.)*

П о р т у п е я *(появился внезапно)*. Зоя Денисовна, вы дома?

М а н ю ш к а. Да нету ее, я вам говорю, нету. И что это вы, товарищ Портупея, прямо в спальню к даме!

П о р т у п е я. При советской власти спален не полагается. Может, и тебе еще отдельную спальню отвести? Когда она придет?

М а н ю ш к а. Откуда я знаю? Она мне не докладается.

П о р т у п е я. Небось к своему хахалю побежала?

М а п ю ш к а. Какие вы невоспитанные, товарищ Портупея. Про кого это вы говорите?

П о р т у п е я. Ты, Марья, дурака не валяй! Ваши

дела нам хорошо известны. В домкоме все как на ладони. Домком — око недреманное. Мы одним глазом спим, а другим видим. На то и поставлены.

Манюшка. Шли бы вы отсюда, Анисим Зотикович, что это вы в спальню залезли?

Портупея. Ты видишь, что я с портфелем? С кем разговариваешь? Значит, я всюду могу проникнуть. Я лицо должностное, неприкосновенное. *(Пытается обнять Манюшку.)*

Манюшка. Вот я вашей супруге скажу, она вам все должностное лицо в кровь издерет!

Портупея. Да постой ты, юла!

Зоя *(в шкафу)*. Портупея, вы — свинья!

Манюшка. Ах! *(Убегает.)*

Зоя *(выйдя из шкафа)*. Хорош председатель домкома! Очень хорош!

Портупея. Я думал, вас в самом деле нету. Что ж она врет? И какая вы, Зоя Денисовна, хитрая...

Зоя. Неделикатный вы фрукт, Портупея! Гадости, во-первых, говорите. Что значит хахаль? Это про Павла Федоровича?

Портупея. Я человек простой, в университете не был.

Зоя. Жаль. Во-вторых, я не одета, а вы в спальне торчите. А в-третьих, меня дома нет.

Портупея. Как это нет? Довольно странно!

Зоя. Коротко — зачем я вам понадобилась? Опять уплотнение?

Портупея. Само собой. Вы — одна, а комнат шесть.

Зоя. Как одна? А Манюшка?

Портупея. Манюшка — прислуга, она при кухне шестнадцать аршин имеет.

Зоя. Манюшка!

Манюшка *(появилась)*. Что, Зоя Денисовна?

Зоя. Ты кто?

Манюшка. Ваша племянница, Зоя Денисовна.

Портупея. Как же ты Зою Денисовну называешь?

Манюшка. Ма тант.

Портупея. Ах, дрянь девка!

Зоя. Можешь идти, Манюшка.

Манюшка упорхнула.

Портупея. Так, Зоя Денисовна, нельзя. Что вы мне вола вертите! Манюшка племянница!.. Такая же она вам племянница, как я вам тетка!

Зоя. Портупея, вы грубиян!

Портупея. Первая комната тоже пустует!

Зоя. Простите, он в командировке.

Портупея. Да что вы мне рассказываете, Зоя Денисовна? Его в Москве вовсе нету! Скажем объективно, подбросил вам бумажку из Фарфортреста и смылся из Москвы! Мифическая личность! А мне из-за вас общее собрание такую овацию сделало, что я еле ноги унес!

Зоя. Чего же хочет эта шайка?

Портупея. Это вы про кого?

Зоя. А про общее собрание.

Портупея. Ну, знаете, Зоя Денисовна, будь другой кто на моем месте...

Зоя. В том-то и дело, что вы на своем месте, а не кто-нибудь другой.

Портупея. Постановили вас уплотнить, а половина орет, чтоб вовсе вас выселить!

Зоя. Выселить? *(Показывает шиш.)*

Портупея. Это как же понимать?

Зоя. Это как шиш понимайте.

Портупея. Ну, ладно! Вот чтоб мне сдохнуть, если я вам завтра рабочего не вселю! Посмотрим, как вы ему шиши крутить будете! Прощенья просим. *(Пошел.)*

Зоя. Портупея, дайте-ка справочку. Почему это у нас в доме жилтоварищества мсье Гусь-Багажный один занял в бельэтаже семь комнат?

Портупея. Извиняюсь, Гусь квартиру по контракту взял. Он нам весь дом отапливает.

Зоя. Простите за нескромный вопрос: сколько лично он вам дал, чтобы квартиру у Фирсова перебить?

Портупея. Зоя Денисовна, полегче, я лицо ответственное!

Зоя *(шепотом)*. Во внутреннем кармане жилетки у вас червонцы лежат. Серия Бэ-Эм, первый номер — 425900, проверьте.

Портупея расстегнулся, достал деньги, оторопел.

Але-гоп!

Портупея. Вы, Зоя Денисовна, с нечистой силой знаетесь, я давно уже это заметил.

Пауза.

Зоя. Итак, Манюшку и мифическую личность отстоять.

Портупея. Верьте совести, Зоя Денисовна, Манюшку — невозможно, весь дом знает, что прислуга.

Зоя. Ну, хорошо, верю. На одного человека самоуплотнюсь.

Портупея. А остальные-то комнаты как же?

Зоя *(вынув бумагу)*. Нате.

Портупея *(читает)*. «Сим разрешается гражданке Пельц открыть показательную пошивочную мастерскую и школу...» Ого-го! «...для шитья прозодежды для жен рабочих и служащих... дополнительная площадь...» Елки-палки! Это Гусь выправил документик?

Зоя. Ах, не все ли равно? Ну, вот что, уважаемый товарищ, копию этой штуки вашим бандитам — и кончено, меня нет!

Портупея. Ну уж конечно, с такой бумажкой это проще ситуация!

Зоя. Кстати, дали мне сегодня у Мюра пятичервонную бумажку, а она фальшивая. Посмотрите, вы ведь спец по червонцам.

Портупея. Ах, язык! *(Смотрит.)* Хорошая бумажка.

Зоя. А я говорю, фальшивая. Возьмите эту гадость и выбросьте.

Портупея. Ладно, выбросим.

Зоя. Ну, дорогой мой, марш, мне надо одеваться.

Портупея *(пошел)*. Только вы уж сегодня решите, кем самоуплотнитесь, я зайду попозже.

Зоя. Ладно.

Где-то заиграл рояль и голос запел: «Не пой, красавица, при мне ты песен Грузии печальной...»

Портупея *(остановившись у двери, глухо и тоскливо)*. Это что ж выходит, Гусь червонцы выдает, а номера записывает?

Зоя. А вы думали?..

Портупея выходит печальный через гостиную в переднюю, и в то же время появляется Абольянинов. Вид его ужасен.

Абольянинов. Зойка, можно? *(Бросает шляпу и трость.)*

Зоя. Павлик! Конечно, можно. Что, Павлик, опять?

Абольянинов. Я не могу бороться с собой... К китайцу пошлите, к китайцу... я умоляю...

Зоя. Ну, хорошо, хорошо... *(Кричит.)* Манюшка!

Манюшка появилась.

Павел Федорович нездоров, лети сейчас же к китайцу!

Тьма. Квартира Зои исчезает. Возникает мерзкая подвальная комната, освещенная керосиновой лампочкой. Белье на веревках. Гандзалин над горящей спиртовкой. Перед ним — Херувим.

Гандзалин. Ты зулик китайский, бандит! Цуцую украл, кокаин украл, где пропадал? Как верить тебе, кто?

Херувим. Мала-мала молци! Сама бандита есть!

Гандзалин. Уходи сейцас из працесной, ты вор!

Херувим. Сто? Гониси бедний китайси? Сто? Мине украли цесуцу на Светном бульвале, кокаин отбил банди, мала-мала меня убивал, смотли! *(Показывает шрам.)* Я тибе лаботал, а ты гониси! Сто кусать будет бедний китайси в Москве? Палахой товалищ! Убить тибе нада.

Гандзалин. Замалси! Ты если убивать будись, тибе коммунистая полисия забелет! Ты узнаись!

Пауза.

Херувим. Сто? Помосники гонись? Я тибе на волотах повесусь!

Пауза.

Гандзалин. Ты красть, воровать будесь?

Херувим. Нет, нет!

Гандзалин. Кази, ий-богу.

Херувим. Ий-богу.

Гандзалин. Кази ий-богу исё.

Херувим. Ий-богу, богу госсопади!

Гандзалин. Надивай халат, будиси работать!

Херувим. Голодний, не ел два дня, дай хлепса.

Гандзалин. Бери хлепса на пецке.

Стук.

Кто, кто, кто?

Манюшка *(за дверью)*. Открывай, Газолин, свои.

Гандзалин. Аа, Мануска. *(Открывает дверь.)*

Манюшка *(входит)*. Чего ж ты закрываешься? Хороша прачечная, не достучишься!

Гандзалин. А, Мануска, здрасти, здрасти!

Манюшка. Ну, Газолин, идем к нашим, Абольянинов опять заболел.

Гандзалин. Моя не мозет сицас идти, я тибе дам лекалство.

Манюшка. Нет, уж ты сам пойди, при них распусти, а то говорят, что ты у себя жидко делаешь.

Херувим. Сто? Молфий?

Гандзалин говорит что-то по-китайски. Херувим отвечает по-китайски.

Гандзалин. Мануска, он пойдет, сделаит сто нада.

Манюшка. А он умеет?

Гандзалин. Умеит, не бойси. *(Достает из угла коробочку, дает ее Херувиму, говорит по-китайски.)*

Херувим. Сто ты усись меня? Идем, деуска.

Гандзалин *(Херувиму)*. Ты пирилицно сибя веди, пяти рубли приноси. Ты смотли!

Херувим. Сто муциси бедни китайси!

Манюшка. Что ты его бранишь? Он тихий, как херувимчик!

Гандзалин. Он херувимцик, бандит!

Манюшка. Ну, прощай, Газолин!

Гандзалин. До свидания, Мануска! А када за меня замус пойдесь?

Манюшка. Ишь! Разве я тебе обещала?

Гандзалин. А, Мануска! А кто говорил?

Манюшка. Ручку поцелуй даме, а в губы не лезь! Идем! *(Выходит с Херувимом.)*

Гандзалин. Хоросая деуска Мануска! Вкусная деуска Мануска! *(Напевает грустно по-китайски.)*

Гаснет лампочка и спиртовка. Тьма. Прачечная исчезает. Появляется спальня, гостиная и передняя Зои. В спальне — Абольянинов, Херувим и Зоя. Херувим гасит спиртовку. Абольянинов застегивает манжету, поправляет рукав, оживает.

Абольянинов *(Херувиму)*. Сколько тебе следует, любезный китаец?

Херувим. Семи рубли.

Зоя. Почему семь, а не пять? Разбойники!

Абольянинов. Пусть, Зоя, пусть! Он достойный китаец! *(Хлопает себя по карманам.)*

З о я. Я заплачу, Павлик, погодите. (*Дает деньги Херувиму.)*

Х е р у в и м. Спасиби...

А б о л ь я н и н о в. Обратите, Зоя, внимание, как он улыбается! Совершенный херувим! Талантливый китаец!..

Х е р у в и м. Таланта мала-мала... *(Интимно.)* Хоцис, я тибе каздый день пироносить буду? Ты Гандзалин не говоли... Все имеим — молфий, спилт... Хоцись, красивый рисовать будем? *(Открывает грудь, показывает татуировку — дракон, становится странен и страшен.)*

А б о л ь я н и н о в. Поразительно! Зойка, посмотрите!

З о я. Какой ужас! Ты сам это делал?

Х е р у в и м. Сама. В Санхае делал.

А б о л ь я н и н о в. Слушай, мой Херувим, ты можешь к нам приходить каждый день? Я нездоров, мне нужно лечиться морфием. Ты будешь приготовлять раствор, идет?

Х е р у в и м. Идет.

З о я. Павлик, осторожнее, может быть, это какой-нибудь бродяга.

А б о л ь я н и н о в. Что вы, нет!.. У него на лице написано, что он добродетельный человек из Китая. Ты не партийный, послушай, китаец?

Х е р у в и м. Мы белие стираем.

З о я. Белье? Ты приходи через час, я с тобой условлюсь, будешь гладить у меня для мастерской.

Х е р у в и м. Ладано...

З о я. Манюшка, проводи китайца!

М а н ю ш к а *(появилась)*. Пожалте. (*Идет с Херувимом в переднюю.)*

Абольянинов открывает штору в спальне, и показывается вечер над Москвой. Первые огни. Шум — глуше. Голос начал:

«Напоминают мне оне...» — и угас.

Херувим *(в передней)*. До свидани, Мануска, я церез цас приходить буду. Я, Мануска, каздый день приходить буду, я Абольяну на слузбу поступил.

Манюшка. На какую службу?

Херувим. Лекалство пироносить буду. Поцелуй меня, Мануска!

Манюшка. Обойдется, пожалте... *(Открывает дверь.)*

Херувим *(таинственно)*. Я када богатый буду, ты миня целовать будиси. Богатый, красивый...

Манюшка. Иди, иди с богом...

Херувим уходит.

Манюшка. До чего оригинальный!

Абольянинов *(у окна в спальне)*. «Напоминают мне оне...»

Зоя. Павлик, я достала бумагу. *(Пауза.)* Граф, что же вы не отвечаете даме?

Абольянинов. Простите, задумался. Пожалуйста, не называйте меня графом.

Зоя. Почему?

Абольянинов. Сегодня приходит какой-то в охотничьих сапогах, говорит: «Вы — бывший граф»...

Зоя. Ну?

Абольянинов. Бросил окурок на ковер... Я поехал к вам, еду в трамвае мимо зоологического и вижу надпись: «Демонстрируется бывшая курица».

Спрашиваю у сторожа: а кто она теперь? Он отвечает: «Теперь она петух». Ничего не понимаю...

Зоя. Ах, Павлик, Павлик... *(Пауза.)* Ну, Павлик, отвечайте решительно, согласны ли вы на *(шепотом)* предприятие?

Абольянинов. Мне все равно теперь... согласен. Я не могу больше видеть бывших кур! Вон отсюда какой угодно ценой!

Зоя. О, да, вы таете здесь! Я увезу вас в Париж! К Рождеству мы будем иметь миллион франков, я вам ручаюсь!

Абольянинов. Но как же нам удастся выбраться?

Зоя. Гусь поможет!

Абольянинов. Бывший Гусь!.. Он представляется мне всемогущим!.. У меня жажда, Зоя. Нет ли у вас пива?

Зоя. Манюшка!

Манюшка появилась.

Купи пива!

Манюшка. Сейчас я принесу. *(Упорхнула в столовую, оттуда в переднюю, там накинула на себя платок и вышла, забыв закрыть за собой дверь.)*

Абольянинов. А мне вдруг стало страшно... Вы не боитесь, что нас накроют?

Зоя. Умно будем действовать — не накроют. Пойдем-ка, Павлик, к мифической личности, я не хочу здесь разговаривать, окно открыто. *(Уходит с Абольяниновым через гостиную в дверь и закрывает ее за собой.)*

Глухо послышались за этой дверью голоса Абольянинова и Зои. Где-то во дворе глупый и тонкий голос запел: «Вечер был, сверкали звезды, на дворе мороз трещал. Шел по улице...»

Аметистов *(входит в переднюю)*. «...малютка... *(Печально.)* Посинел и весь дрожал!» *(Ставит измызганный чемодан на пол, оглядывается. Аметистов в рваных штанах, в засаленном френче, в кепке, с каким-то медальоном на груди.)* Фу, черт тебя возьми! Отхлопать с Курского вокзала четыре версты с чемоданом — тоже номер, я вам доложу! Сейчас пива следовало бы выпить! Эх, судьба ты моя горемычная, затащила ты меня опять в пятый этаж! Что-то ты мне тут дашь? *(Заглядывает в дверь на кухню.)* Эй, товарищ, кто тут есть? Зоя Денисовна дома? Гм... *(Заглядывает в гостиную, слышит голоса Зои и Абольянинова, подкрадывается поближе, подслушивает.)* О-го-го! Вовремя попал!

Манюшка *(с пивными бутылками входит в переднюю)*. Батюшки! Дверь-то я не закрыла!

Аметистов возвращается в переднюю.

Кто это? Вам что?

Аметистов. Пардон, пардон, не волнуйтесь, товарищ! Пиво? Чрезвычайно вовремя! С Курского вокзалу мечтаю о пиве!

Манюшка. Да кого вам?

Аметистов. Зою Денисовну. А с кем имею удовольствие разговаривать?

Манюшка. Я племянница Зои Денисовны.

Аметистов. Очень приятно, очень. Я и не подозревал, что у Зоечки такая хорошенькая племянница. Кузен Зои Денисовны. *(Целует Манюшке руку.)*

Манюшка *(оторопевши)*. Зоя Денисовна! Зоя Денисовна! *(Вбегает в гостиную.)*

Аметистов вбегает за Манюшкой в гостиную с чемоданом. На крик Манюшки входят в гостиную Зоя и Абольянинов.

Аметистов. Дорогая кузиночка, же ву салю!

Зоя окаменела.

Познакомьте же меня, кузиночка, с гражданином...

Зоя. Ты... ты... вы... Павел Федорович, это мой кузен Аметистов...

Аметистов. Пардон, пардон.... *(Абольянинову.)* Путинковский, беспартийный, бывший дворянин.

Абольянинов *(поражен)*. Очень рад...

Аметистов. Кузиночка, позвольте вас попросить на два слова а парт!

Зоя. Павлик, извините, мне нужно перемолвиться двумя словами с Александром Тарасовичем...

Аметистов. Пардон, пардон, Василием Ивановичем... Прошел ничтожный срок, и вы забыли даже мое имя и отчество, кузиночка! Мне это горько, ай-яй-яй...

Абольянинов. Пожалуйста, пожалуйста... *(Скрывается.)*

Зоя. Манюшка, иди налей пива Павлу Федоровичу.

Манюшка скрывается. Пауза.

Тебя же расстреляли в Баку?

Аметистов. Пардон, пардон, так что же из этого? Если меня расстреляли в Баку, я, значит, и в Москву не могу приехать? Меня по ошибке расстреляли, совершенно невинно...

Зоя. У меня голова закружилась...

Аметистов. От радости?

Зоя. Ничего не понимаю...

Аметистов. Ну, натурально, под майскую амнистию подлетел... Кстати, что это у тебя за племянница?

Зоя. Какая там племянница, это моя горничная, Манюшка.

Аметистов. Тэк-с, понимаем, в целях сохранения жилплощади... *(Зычно.)* Манюшка!

Манюшка появилась растерянная.

Милая, приволоки мне пивца, умираю! Какая же ты племянница, шут тебя возьми!

Пораженная Манюшка уходит.

А я ей руку поцеловал! Позор, позор!..

Зоя. Где ты собираешься остановиться? Имей в виду, что в Москве жилищный кризис.

Аметистов. Я знаю. Натурально, у тебя.

Зоя. А если я скажу, что не могу тебя принять?

Аметистов. Ах вот как? Хамишь? Ну что же, хами, хами! Гонишь двоюродного брата, пешком первшего с Курского вокзала? Сироту! Гони, гони! Что же, я уйду... *(Берет чемодан.)* И даже пива пить не стану... Только вы пожалеете об этом, дорогая кузина...

Зоя. Ах, ты хочешь испугать? Ну нет, это не пройдет!

Аметистов. Зачем пугать? Я человек порядочный, джентльмен! *(Шепотом.)* И будь я не я, если я не пойду в ГПУ и не донесу о том, какую мастерскую ты организуешь в своей квартире. Я, дорогая Зоя Денисовна, все слышал! *(Пошел.)*

Зоя. Стой! Как ты вошел без звонка?

Аметистов. Ла порт этэ уверт... Я даже тебя не облобызал, кузиночка...

Зоя *(отталкивая его)*. Судьба, это ты!

Манюшка входит, вносит бутылку пива и стакан.

Манюшка, ты дверь не заперла? Ах, Манюшка!.. Ну ничего, иди, извинись перед Павлом Федоровичем...

Манюшка уходит.

Аметистов *(пьет пиво)*. Фу, хорошо!.. Первоклассное пиво в Москве! Квартирку-то ты сохранила, я вижу. Молодец, Зоя!

Зоя. Судьба!.. Видно, придется мне еще нести мой крест!

Аметистов. Ты хочешь, чтобы я обиделся и ушел?

Зоя. Нет! Что ты хочешь прежде всего?

Аметистов. Прежде всего — брюки.

Зоя. Неужели у тебя штанов нет? А чемодан?

Аметистов. В чемодане — шесть колод карт и «Существуют ли чудеса?». Спасибо этим чудесам, кабы не они, я бы с голоду издох! Шутка ли сказать, в товарно-пассажирском поезде от Баку до Москвы!.. Понимаешь ли, захватил в Баку в культотделе на память сто брошюрок «Существуют ли чудеса?», продавал их по рублю в поезде... Существуют, Зоечка, вот я тут!.. Чудное пиво! Товарищ, купите брошюрку!..

З о я. Карты крапленые?

А м е т и с т о в. За кого вы меня принимаете, мадам?

З о я. Брось, Аметистов! Где ты шатался семь лет?

А м е т и с т о в. Эх, кузина! В девятнадцатом году в Чернигове я отделом искусств заведовал...

Зоя расхохоталась.

Белые пришли... Мне, значит, красные дали денег на эвакуацию в Москву, а я, стало быть, эвакуировался к белым в Ростов, поступил к ним на службу... Красные немного погодя... Я, значит, у белых получил на эвакуацию — и к красным, поступил заведующим агитационной труппой. Белые! Мне красные — на эвакуацию, я к белым в Крым. Тут я просто администратором служил в ресторанчике в Севастополе... Напоролся на одну компанию, взяли у меня триста тысяч в один вечер в железку...

З о я. У тебя? Ну, это, значит, высокие специалисты были!

А м е т и с т о в. Темные арапы, говорю тебе, темные!.. Ну, а потом, понятно, после белых красные, и пошел я нырять при советском строе. В Ставрополе актером, в Новочеркасске музыкантом в пожарной команде, в Воронеже отделом снабжения заведовал... Наконец убедился, нет у меня никакого карьерного ходу, и решил тогда по партийной линии двинуться... Дай, думаю, я этот бюрократизм изживу, стажи эти всякие... И скончался у меня в комнате приятель мой, Чемоданов Карл Петрович, светлая личность, партийный...

З о я. В Воронеже?

Аметистов. Нет, это дело уже в Одессе было. Я думаю, какой ущерб для партии? Один умер, а другой на его место сейчас же становится в ряды. Порыдал над покойником, взял его партбилет — и в Баку. Думаю, место тихое, шмэндефер можно развернуть, являюсь, так и так, Чемоданов. И, стало быть, открывается дверь, и приятель Чемоданова — шасть... Табло! У него — девятка, у меня — жир... Я к окнам, окна во втором этаже...

Зоя. Здорово!

Аметистов. Ну, не везло, что ты скажешь!.. На суде я заключительное слово сказал, веришь ли, не только интеллигентная публика, профессора, но конвойные и те рыдали! Ну расстреляли меня... Ну что же делать? Надо ехать в Москву! Эй, Зойка, очерствела ты в своей квартире! Оторвалась от масс!

Зоя. Ну ладно! Ты все слышал?

Аметистов. Повезло, Зоечка.

Зоя. Я тебя оставлю.

Аметистов. Зоечка!

Зоя. Молчи! Я дам тебе место администратора в предприятии, но смотри, Аметистов, смотри, если ты выкинешь какой-нибудь фокус, всем рискну, но я тебя угроблю! Берегись, Аметистов, ты слишком много о себе рассказал!

Аметистов. Итак, я грустную повесть скитальца доверил змее! Мон дье!

Зоя. Молчи, болван. Где колье? Которое ты перед самым отъездом взялся продать?

Аметистов. Колье? Постой, постой... Это с маленькими бриллиантами?

Зоя. Сволочь ты, сволочь!..

Аметистов. Мерси, мерси! Видали, как Зоечка родственников принимает!

Зоя. Документы есть?

Аметистов. Документов у меня полный карман, весь вопрос в том, какой из этих документов, так сказать, свежее... *(Вынимает бумажки.)* Карл Чемоданов — об этом речи быть не может! Сигурадзе Антон... Нет, это нехороший.

Зоя. Это ужас, честное слово! Ты же — Путинковский!

Аметистов. Нет, Зоечка, я спутал, Путинковский в Москве — это отпадает. Пожалуй, лучше всего моя собственная фамилия. Я думаю, меня уже забыли за восемь лет в Москве. На, прописывай Аметистова! Постой, тут по воинской повинности у меня еще грыжа была... *(Достает бумажку.)*

Зоя *(вынимает из шкафа великолепные брюки)*. Надевай штаны.

Аметистов. Бог благословит твое доброе сердечко! Сестренка, отвернись!

Зоя. Очень ты мне нужен! Штаны потрудись вернуть, — это Павла Федоровича.

Аметистов. Морганатический супруг?

Зоя. Держать себя с ним вежливо, это мой муж!

Аметистов. Фамилия ему как?

Зоя. Абольянинов.

Аметистов. Граф? У-у!.. Поздравляю тебя, сестра! Впрочем, у него ни черта, наверное, больше не осталось! Судя по физиономии, контрреволюционер... *(Выходит из-за ширм, любуется штанами, ко-*

торые на нем надеты.) Гуманные штанишки! В таких брюках сразу чувствуешь себя на платформе...

З о я. Сам выпутывайся с фамилией... В нелепое положение ставишь... Павлик!

А б о л ь я н и н о в входит.

Простите, Павлик, говорили по делу.

А м е т и с т о в. Увлеклись воспоминаниями детства... Ведь мы росли с Зоечкой. Я сейчас прямо рыдал... Смотрите на брюки? Пардон, пардон, обокрали в дороге... Свистнули в Таганроге второй чемодан, прямо гротеск! Я думаю, вы не будете в претензии? Между дворянами на это нечего смотреть...

А б о л ь я н и н о в. Пожалуйста, пожалуйста, я очень рад...

З о я. Вот, Павлик, Александр Тарасович будет у нас работать администратором. Вы ничего не имеете против?

А б о л ь я н и н о в. Помилуйте, я очень рад... Если вы рекомендуете Василия Ивановича...

А м е т и с т о в. Пардон, пардон, Александра Тарасовича... Вы удивлены? Это мое сценическое имя, отчество и фамилия, по сцене — Василий Иванович Путинковский, а в жизни — Александр Тарасович Аметистов. Известная фамилия, многие представители ее расстреляны большевиками... Тут целый роман! Вы будете рыдать, когда я вам расскажу...

А б о л ь я н и н о в. Очень приятно. Вы откуда изволили приехать?

А м е т и с т о в. Я? Откуда я приехал, вы спрашиваете? Из Саратова в данный момент приехал. Тут целый роман, вы будете рыдать...

Абольянинов. Вы беспартийный, разрешите спросить?

Аметистов. Кель кестьон? Что вы?

Абольянинов. А у вас на груди был... такой... Впрочем, мне это только показалось...

Аметистов. Ах, нет, нет, это для дороги. Знаете, в поезде очень помогает, плацкарту вне очереди взять, то, другое...

Манюшка *(появилась)*. Портупея пришел.

Зоя. Зови его сюда. *(Аметистову.)* Имей в виду, председатель домкома.

Портупея. Добрый вечер, Зоя Денисовна. Здравствуйте, гражданин Абольянинов. Ну, что, надумали, Зоя Денисовна?

Зоя. Да. Вот документы. Пропишите Александра Тарасовича Аметистова, он только что приехал. Будет администратором мастерской.

Портупея. Ага. Послужить, стало быть, думаете?

Аметистов. Как же, как же... Стаканчик пива, уважаемый товарищ?

Портупея. Мерси, не откажусь. Жарко, знаете, а тут все на ногах да на ногах...

Аметистов. Да, погода, погода, как говорится... Громадный у вас дом, товарищ дорогой, такой громадный!..

Портупея. И не говорите, прямо мученье! А по воинской повинности грыжа у вас?

Аметистов. Точно так. Вот она. *(Подает бумажку.)* Вы партийный, товарищ?

Портупея. Сочувствующий я.

Аметистов. А, очень приятно! *(Надевает свой значок.)* Я сам бывший партийный. *(Тихо, Абольянинову.)* Деван ле жан... Хитрость...

Портупея. Отчего же вышли?

Аметистов. Мелкие фракционные трения... Я не согласен со многим... Глянул кругом, вижу — нет, не выходит! Я тогда прямо и говорю в глаза...

Портупея. Прямо в глаза?

Аметистов. А мне что терять, кроме цепей? Я одно время громадную роль играл... Нет, говорю, это не дело! Уклонились мы — раз! Утратили чистоту линии — два! Растеряли заветы! Ах, так? — говорит. Так мы, говорят, тебя!.. Горячий народ! Ваше здоровье!

Абольянинов. Он гениален, клянусь!

Зоя *(тихо)*. Ах, мерзавец! Ну, довольно политики! Итак, товарищ Портупея, с завтрашнего дня я начинаю дело.

Аметистов. Итак, мы начинаем! За успех мастерской и за здоровье ее заведующей Зои Денисовны, товарища Пельц! Ура! *(Пьет пиво.)* А теперь здоровье нашего уважаемого председателя домкома и сочувствующего... *(Тихо.)* Как его звать-то?

Зоя *(тихо)*. Анисим Зотикович Портупея.

Аметистов. Да, я и говорю: Анисима Зотиковича Портупеи, ура!

Во дворе забренчало пианино, мальчишки запели: «Многая лета...»

Совершенно верно! Многая лета! Многая лета!

Занавес

Акт второй

Гостиная в квартире Зои превращена в мастерскую. Манекены с кукольными лицами, волны материй. Швея трещит на машинке, Закройщица с сантиметром на плече.

Три дамы.

Первая дама. Ах, нет, милая... весь угол нужно вынуть, вынуть, а то ужасное впечатление, как будто у меня не хватает двух ребер. Ради бога, выньте, выньте!..

Закройщица. Хорошо.

Вторая дама *(трещит третьей)*. ...И вообразите, говорит — прежде всего, мадам, вам нужно остричься. Я моментально, конечно, бегу на Кузнецкий, к Жану, остриглась, бегу к ней, она надевает на меня спартри, и, представьте, у меня физиономия моментально становится как котел!

Третья дама. Хи-хи-хи...

Вторая дама. Ах, миленькая, вам смешно!

Первая дама. Фалдит, дорогая, фалдит...

Закройщица. Что вы, мадам!

Вторая дама. И какая наглость! — это, говорит, оттого, что у вас широкие скулы!

Послышался звонок.

Аметистов *(пробегая)*. Пардон, пардон, я не смотрю...

Вторая дама. Мсье Аметистов, скажите, как, по-вашему, у меня широкие скулы?

Аметистов. У вас? Кеске ву дит, мадам? У вас совсем нет скул! *(Скрывается.)*

Первая дама. Кто это такой?

Закройщица. Главный администратор школы.

Первая дама. Шикарно поставлено дело!

Аметистов *(возвращаясь)*. Пардон, пардон, я не смотрю... Манто ваше очаровательно!

Первая дама. Какое там очаровательное! Неужели у меня такой зад?

Аметистов. Совершенно правильный зад, мадам! *(Звонок. В сторону.)* Ах, чтоб тебе сдохнуть! Пардон, пардон... *(Улетает.)*

Первая дама *(снимая манто)*. Что же, к пятнице?

Закройщица. Невозможно, мадам, Варвара Николаевна не поспеет.

Первая дама. Ах, это ужасно! А к субботе?

Закройщица. К среде, мадам.

Первая дама. До свидания. *(Уходит.)*

Швея *(подает сверток Второй даме)*. Прошу.

Вторая дама. Благодарю вас.

Аметистов *(влетая)*. Оревуар, мадам. *(Звонок. В сторону.)* Да что это такое? Пардон, пардон... *(Улетает.)*

Вторая дама уходит.

Швея *(заворачивает сверток в бумагу, подает Третьей даме)*. Вот ваш бант, мадам.

Третья дама. Мерси. *(Уходит.)*

Закройщица *(в изнеможении садится)*. Ффу!..

Аметистов *(влетает)*. Ну, дорогие товарищи, закрывайте лавочку! Довольно!

Швея и Закройщица собираются уходить.

Отдыхайте, товарищи, согласно кодексу труда... съездите на Воробьевы горы, золотая осень, листья...

Швея. Какие тут листья, Александр Тарасович!.. Только бы до постели добраться!

Аметистов. Ах, как я вас понимаю! Сам мечтаю только об одном — как бы лечь. Почитаю что-нибудь на ночь по истории материалистической философии и засну. Не надо убирать, товарищи! Товарищ Манюша все сделает.

Швея и Закройщица уходят.

Замучили, окаянные! В глазах одни зады и банты! *(Достает бутылку коньяку и рюмку, выпивает.)* Фу-ты, черт их возьми!

Входит Зоя.

Ну, Зоечка, дорогая директриса, вот чего: Аллу Вадимовну даешь в срочном порядке?

Зоя. Не пойдет.

Аметистов. Пардон, пардон... ты меня слушай. Сколько она тебе задолжала?

Зоя. Две тысячи.

Аметистов. Вот и козырек!

Зоя. Заплатит.

Аметистов. Не заплатит, я тебе говорю, у нее глаза некредитоспособные. По глазам всегда видно, есть ли у человека деньги или нет. Я по себе сужу: когда я пустой, я задумчив, одолевают мысли, на социализм тянет... Говорю тебе, баба задумывается, деньги нужны ей до зарезу, а денег нет! Ты подумай, экземпляр какой, украшение квартиры. Слушай Аметистова, Аметистов большой человек!

Звонок.

Еще кого-то черт несет!

Манюшка *(входит)*. Алла Вадимовна спрашивает, можно к вам?

А м е т и с т о в. Во! Жми ее, жми!

З о я. Ладно, не суетись. *(Манюшке.)* Проси сюда.

А л л а *(входит)*. Здравствуйте, Зоя Денисовна.

З о я. Очень рада, Алла Вадимовна.

А м е т и с т о в. Целую ручку, обожаемая Алла Вадимовна! Алла Вадимовна, если вы увидите те модели, которые мы получили сегодня из Парижа, вы выбросите ваше платье за окно! Даю вам слово бывшего кирасира!

А л л а. Вы были кирасиром?

А м е т и с т о в. Мезу́й. Лечу, покидаю вас! *(Исчезает, подмигнув Зое.)*

А л л а. Превосходный у вас администратор, Зоя Денисовна. Скажите, он действительно бывший кирасир?

З о я. Не могу вам, к сожалению, сказать точно. Садитесь, Алла Вадимовна.

А л л а. Зоя Денисовна, я к вам по важному делу...

З о я. Слушаю вас.

А л л а. Ах, как неприятно... Я должна была сегодня вам заплатить... Мне очень совестно, Зоя Денисовна, но я... мои финансы в последнее время очень плохи... Я принуждена просить вас ждать... *(Пауза.)* Вы меня убиваете вашим молчанием, Зоя Денисовна.

З о я. Что же я могу сказать, Алла Вадимовна?

Пауза.

А л л а. До свиданья, Зоя Денисовна, вы правы, конечно... Ну что же, я употреблю все усилия, чтобы достать деньги, и расплачусь... До свиданья, Зоя Денисовна.

З о я. Всего хорошего, Алла Вадимовна.

Алла идет к дверям.

Так плохи дела?

А л л а. Зоя Денисовна, я вам должна, но это не дает права говорить со мной таким тоном!..

З о я. Э, нет, Аллочка, так нельзя! Именно все дело в тоне! Мало ли кто кому должен. Если бы вы пришли ко мне попросту и сказали — дела мои паршивы, мы бы вместе подумали, как выпутаться... Но вы вошли ко мне как статуя... Я, мол, светская дама, а ты портниха... Ну, а раз так, так что же с портнихи спрашивать?

А л л а. Зоя Денисовна, это вам показалось, честное слово. Просто я настолько была подавлена своим долгом, что не знала, как вам смотреть в глаза.

З о я. Да довольно об этом долге! Итак, денег нет? Отвечайте просто и по-дружески: сколько надо?

А л л а. Много надо. Даже под ложечкой холодно — так много.

З о я. А зачем?

Пауза.

А л л а. Я хочу уехать за границу.

З о я. Понятно. Значит, здесь ни черта не выходит?

А л л а. Ни черта.

З о я. Ну, а он?.. Я не хочу знать, кто он, мне его имя не нужно... Ну, словом, разве у него нет денег, чтобы прилично устроить вас здесь?

А л л а. С тех пор как умер мой муж, у меня никого нет, Зоя Денисовна.

З о я. Ой!

А л л а. Правда.

З о я. Вам не удалось уехать тогда, три месяца назад?

А л л а. Не удалось.

Зоя. Я берусь вам устроить это.

Алла. Зоя, если вы это сделаете, вы обяжете меня на всю жизнь!

Зоя. Не волнуйтесь, товарищ. А деньги, если хотите, я вам дам возможность заработать, вы расплатитесь с долгами.

Алла. Зоечка, в Москве у меня нет возможности заработать. То есть сколько-нибудь приличным трудом, я понимаю.

Зоя. Почему же? В мастерской — приличный труд. Поступайте ко мне манекенщицей, я вас приглашаю.

Алла. Зоечка, но ведь за это платят гроши!

Зоя. Гроши! Ну, это понятие растяжимое... Я предлагаю вам тысячу рублей в месяц жалованья, аннулирую ваш долг и, кроме того, помогу выехать. Заняты только вечером, через день. Ну?

Пауза.

Алла. Через день?.. Вечером?.. *(Поняла.)* Это штука!

Зоя. До Рождества только четыре месяца. Через четыре месяца вы свободны, долги уплачены, и никто, слышите, никто, никогда не узнает, как Алла работала манекенщицей. Весной вы увидите Большие Бульвары!

Где-то за окнами голос под рояль запел глухо: «Покинем край, где мы так страдали...»

(Шепотом.) В Париже любимый человек?..

Алла. Да...

Зоя. Весной под руку с ним, и он никогда не будет знать... не будет знать...

Алла. Вот так мастерская! Вот так мастерская!

Занята только вечером... Знаете, кто вы, Зойка? Вы — черт! Но никому, никогда?

Зоя. Клянусь. *(Пауза.)* Ну, как в воду, сразу вниз головой? Алла...

Алла. Согласна. Через три дня я приду.

Зоя. Гоп! *(Распахивает шкаф, в нем вспыхивает ослепляющий свет, в котором загораются парижские туалеты.)* Выбирайте — мой подарок, любое!

Тьма. Зоя и Алла исчезают в ней. Потом возникает горящая лампа. Наступил вечер. У лампы Аметистов и Зоя.

Аметистов. Видала, что значит Александр Аметистов? Я же говорил!

Зоя. Ты не глуп, Александр Аметистов.

Аметистов. Зоечка, помни, что половина твоего богатства сделана моими ручонками! Ты не покинешь своего кузена? Возьмешь меня с собой, а? Ах, Ницца, Ницца, когда я тебя увижу? Лазурное море, и я на берегу его в белых брюках!

Зоя. Об одном я тебя прошу, не говори ты по-французски! По крайней мере при Алле не говори. Ведь она на тебя глаза таращит.

Аметистов. Что это значит? Я плохо, может быть, говорю?

Зоя. Ты не плохо говоришь, ты кошмарно говоришь.

Аметистов. Это нахальство, Зоя, пароль донер! Я с десяти лет играю в шмэндефер, и на тебе, плохо говорю по-французски.

Зоя. И еще, зачем ты врешь поминутно? Ну какой ты, какой ты, к черту, кирасир? И кому это нужно?

Аметистов. Нету у тебя большего удовольствия, чем какую-нибудь пакость сказать человеку! Будь моя власть, я бы тебя за один характер отправил в Нарым!

Зоя. Перестань болтать! Не забудь, сейчас Гусь придет. Я иду переодеваться. *(Уходит.)*

Аметистов. Гусь? Что же ты молчишь? *(Впадает в панику.)* Гусь! Гусь! Господа, Гусь! И где это Ласточкино гнездо, небесная империя?! Племянница Манюшка!

Манюшка *(является)*. Вот она я.

Аметистов. Мне интересно, чего же ты там торчишь! Я, что ли, один все буду двигать?

Манюшка. Я посуду мыла.

Аметистов. Успеешь с посудой, помогай!

Начинают прибирать квартиру, зажигать огни. Входит Абольянинов. Он во фраке.

Абольянинов. Добрый вечер.

Аметистов. Маэстро, мое почтение.

Абольянинов. Простите, я давно хотел просить вас, называйте меня по имени и отчеству.

Аметистов. Чего же вы обиделись, вот чудак какой! Между людьми одного круга... Да и что плохого в слове «маэстро»?

Абольянинов. Просто это непривычное обращение режет мне ухо, вроде слова «товарищ».

Аметистов. Пардон, пардон, это большая разница. Кстати о разнице, нет ли у вас папироски?

Абольянинов. Прошу вас.

Аметистов. Мерси боку. *(Оглядев квартиру.)* Вуаля! Ведь это рай! Граф, да вы развеселитесь! Что вы сидите, как квашня!

Абольянинов. А что это такое — квашня?

Аметистов. Ну, с вами не разговоришься! Как квартирку-то вы находите?

Абольянинов. Очень уютно. Отдаленно напоминает мою прежнюю квартиру...

Аметистов. Хороша была?

Абольянинов. Очень хороша, только у меня ее отобрали...

Аметистов. Да неужели?

Абольянинов. Пришли какие-то с рыжими бородами и выкинули меня...

Аметистов. Кто бы мог подумать!.. Скажите... Это печальная история...

Зоя *(выходит)*. Павлик! Здравствуйте, дорогой! Идемте ко мне! *(Уходит вместе с Абольяниновым.)*

Условный звонок — три долгих, два коротких.

Аметистов. Вот он, черт его возьми!

Манюшка убегает. Через некоторое время входит Херувим.

Где ты пропадал?

Херувим. Я мала-мала юбки гладил.

Аметистов. Ну тебя к лешему с твоими юбками! Кокаину принес?

Херувим. Да.

Аметистов. Давай, давай! Слушай ты, Сам-Пью-Чай, смотри мне в глаза!

Херувим. Смотлю тибе в галаза...

Аметистов. Отвечай по совести, аспирину подсыпал?

Херувим. Ниэт... ниэт...

Аметистов. Ох, знаю я тебя, бандит ты! Но если только подсыпал, бог тебя накажет!

Херувим. Мала-мала наказит.

Аметистов. Да, не мала-мала, а он тебя на месте пришибет! Стукнет по затылку, и нет китайца! Не сыпь аспирину в кокаин... Нет, хороший кокаин.

Херувим надевает китайскую кофту и шапочку.

Совершенно другой разговор! И какого черта вы себе, китайцы, косы бреете? С косой тебе совершенно другая цена была бы!

Условный звонок. Входит Марья Никифоровна.

Марья Никифоровна. Здравствуйте, Александр Тарасович! Здравствуйте, Херувимчик!

Аметистов. Идите одеваться, Марья Никифоровна, а то поздно. Новые модели будем демонстрировать.

Марья Никифоровна. Прислали? Ах, какая прелесть! *(Убегает.)*

Херувим зажег китайский фонарь в нише и дымит куреньем.

Аметистов. Не очень налегай...

Херувим. Я не буду налигать... *(Уходит.)*

Условный звонок. Входит Лизанька.

Лизанька. Почтение администратору этого монастыря...

Аметистов. Бон суар...

Лизанька уходит. Условный звонок. Аметистов, услышав его, подбегает к зеркалу, охорашивается. Входит мадам Иванова, очень красивая, надменная женщина.

Здравствуйте, мадам Иванова.

Мадам Иванова. Дайте мне папироску.

Аметистов. Манюшка! Папиросу!

Манюшка вбегает, подает папиросы Ивановой.

Пауза.

Холодно на дворе?

Мадам Иванова. Да.

Аметистов. У нас сюрприз — модели привезли из Парижа.

Мадам Иванова. Это хорошо.

Аметистов. Изумительные!

Мадам Иванова. Ага...

Аметистов. Вы в трамвае приехали?

Мадам Иванова. Да.

Аметистов. Много народу, наверно, в трамвае?

Мадам Иванова. Да.

Пауза.

Аметистов. У вас погасла... спичечку...

Мадам Иванова. Спасибо. *(Уходит.)*

Аметистов *(Манюшке)*. Вот женщина, ей-богу! Всю жизнь можно с такой прожить и не соскучишься! Не то что ты, тарахтишь, тарахтишь...

Властный звонок.

Он! Узнаю звонок коммерческого директора! Великолепно звонит! Открывай, потом лети, переодевайся, Херувим будет подавать!

Херувим *(пробегая)*. Гусь идет!

Манюшка. Батюшки! Гусь! *(Убегает.)*

Аметистов. Зоя! Гусь! Принимай, я исчезаю! *(Исчезает)*

Входит Гусь.

Зоя *(в вечернем платье)*. Как я рада, милый Борис Семенович!

Гусь. Здравствуйте, Зоя Денисовна, здравствуйте.

Зоя. Садитесь сюда, здесь уютнее... Ай-яй-яй, какой вы нехороший! Сосед, близкий знакомый, хоть бы раз зашел...

Гусь. Поверьте, я с удовольствием, но...

Зоя. Я шучу, я знаю, что у вас дела по горло.

Гусь. И не говорите, у меня прямо бессонница.

Зоя. Бедненький, вы переутомитесь, вам надо развлекаться...

Гусь. О том, чтобы я развлекался, не может быть и речи. *(Оглядывает комнату.)* А у вас очень хорошо.

Зоя. Мастерская вам обязана своим существованием.

Гусь. Ну, это пустяки! Кстати о мастерской. Я ведь к вам отчасти по делу, только это между нами. Мне нужен парижский туалет. Знаете, какой-нибудь крик моды, червонцев так на тридцать.

Зоя. Понимаю. Подарок?

Гусь. Между нами.

Зоя. Ах, плутишка, влюблен! Ну, сознавайтесь, влюблены?

Гусь. Между нами.

Зоя. Не бойтесь, не скажу супруге. Ах, мужчины, мужчины! Ну хорошо, мой администратор покажет сейчас вам модели, и вы выберете все, что вам нужно. А потом будем ужинать. Сегодня вы мой, и я вас не выпущу.

Гусь. Мерси. У вас есть администратор? Посмотрим, какой у вас такой администратор.

Зоя. Сейчас вы его увидите. *(Скрывается.)*

Аметистов *(появился внезапно, во фраке)*. Кан он парль дю солейль он вуа ле рейон! Что в переводе на русский язык означает: когда говорят о солнце, видят его лучи.

Гусь. Это вы мне про лучи?

Аметистов. Вам, глубокоуважаемый Борис Семенович. Позвольте представиться — Аметистов.

Гусь. Гусь.

Аметистов. Желаете иметь туалетик? Доброе дело задумали, глубокоуважаемый Борис Семенович. Могу вас уверить, что такого выбора вы нигде в Москве не встретите. Херувим!

Появляется Херувим.

Гусь. Позвольте, это же китаец!

Аметистов. Точно так, китаец, с вашего благословения. Не обращайте на него внимания, почтеннейший Борис Семенович. Обыкновенный сын Небесной империи и отличается только одним качеством — примерной честностью.

Гусь. А зачем же китаец?

Аметистов. Преданный старый мой лакей, драгоценнейший Борис Семенович. Вывез его я из Шанхая, где долго странствовал, собирая материалы.

Гусь. Это замечательно. Для чего материалы?

Аметистов. Для большого этнографического труда. Впрочем, я как-нибудь после расскажу о своих скитаниях, глубочайше уважаемый Борис Семенович. Вы прямо будете рыдать. Херувим, дай нам чего-нибудь прохладительного.

Херувим. Цицас. *(Исчезает и сейчас же появляется с шампанским.)*

Аметистов. Прошу.

Гусь. Это шампанское? Замечательно вы поставили дело, гражданин администратор!

Аметистов. Же пане! Поработав у Пакэна в Париже, можно приобрести навык.

Гусь. Вы работали в Париже?

Аметистов. Пять лет, любезный Борис Семенович. Херувим, можешь идти.

Гусь. Вы знаете, если бы я верил в загробную жизнь, я бы сказал, что он действительно вылитый херувим.

Аметистов. А глядя на него, невольно уверуешь! Ваше здоровье, достопочтеннейший Борис Семенович! А также здоровье вашего треста тугоплавких металлов, ура! Ура и ура! Нет, нет, до дна, не обижайте фирму!

Гусь. У вас хорошо поставлено дело.

Аметистов. Миль мерси. Итак, она блондинка, брюнетка?

Гусь. Кто?

Аметистов. Пардон, пардон... Та уважаемая особа, для которой предназначается туалет?

Гусь. Между нами, она светлая брюнетка.

Аметистов. У вас есть вкус. Прошу еще бокальчик, а также попрошу вас привстать. К этой визитке светлая брюнетка сама просится. Гигантский вкус у вас, Борис Семенович! Херувим!

Херувим появляется.

Попроси маэстро, а также мадемуазель Лизу.

Херувим. Цицас. *(Исчезает.)*

Входит Абольянинов.

Аметистов. Конт Абольянинов!

Абольянинов садится к роялю.

Располагайтесь поудобнее, милейший Борис Семенович, миндалю... *(Хлопнув в ладоши.)* Ателье!

Абольянинов начинает играть. Распахивается занавес, и на освещенной эстраде появляется Лизанька в роскошном и довольно откровенном туалете. Гусь смотрит на все это с изумлением.

Благодарю вас, мадемуазель.

Лиза *(шепотом)*. Вытряхиваться?

Аметистов. Вытряхивайтесь, Лизанька.

Занавес закрывается.

Что вы скажете, бесценный Борис Семенович?

Гусь. М-да...

Аметистов. Бокальчик?

Гусь. Вы прямо обаятельный администратор!

Аметистов. Да что же, Борис Семенович, пообтесался в свое время, потерся при дворе...

Гусь. Вы были при дворе?

Аметистов. Эх, Борис Семенович! Когда-нибудь я вам расскажу некоторые тайны своего рождения, вы изойдете в слезах... Ателье!

Занавес распахивается, и на эстраде появляется в очень открытом платье Марья Никифоровна. Абольянинов играет. Марья Никифоровна под музыку двигается по эстраде.

Больше жизни! *(Тихо.)* Фить!

Марья Никифоровна *(тихо)*. Невежа.

Аметистов. Ву зет тре зэмабль.

Занавес закрывается.

Ателье!

Абольянинов играет «Светит месяц», на эстраде Манюшка в русском, весьма открытом костюме танцует.

Херувим (*внезапно выглядывает, говорит шепотом*). Мануска, када танцуись, мине смотли, гостя не смотли...

Манюшка (*шепотом*). Уйди, черт ревнивый...

Абольянинов (*внезапно*). Я играю, горничная на эстраде танцует, что это происходит?..

Аметистов. Тсс!.. (*Шепотом.*) Манюшка, скатывайся с эстрады, накрывай ужин в два счета!

Занавес закрывается.

(*Гусю.*) Э бьен?

Гусь (*внезапно*). Ателье!

Аметистов. Совершенно правильно, Борис Семенович, ателье!

Занавес распахивается. Абольянинов играет томный вальс. На эстраде Мадам Иванова в костюме, открытом сколько это возможно на сцене.

(*Вскакивает на эстраду, танцует с мадам Ивановой, говорит шепотом.*) В сущности, я очень несчастлив, мадам Иванова... Моя мечта — уехать с любимой женщиной в Ниццу...

Мадам Иванова (*шепотом*). Болтун...

Танец заканчивается.

Аметистов. Мадемуазель, продемонстрируйте мсье платье. (*Скрывается.*)

Мадам Иванова выходит с эстрады, как фигура из рамы, поворачивается перед Гусем.

Гусь *(растерян)*. Очень вам признателен... до глубины души.

Мадам Иванова. Не смейте так смотреть на меня. Вы дерзкий.

Гусь *(растерян)*. Кто вам сказал, что я смотрю на вас?

Мадам Иванова. Нет, вы дерзкий, в вас есть что-то африканское. Мне нравятся такие, как вы. *(Внезапно скрывается за занавесом.)*

Гусь *(исступленно)*. Ателье!!

Аметистов *(появляется внезапно)*.

Лампы вспыхивают.

Пардон, антракт!

Занавес

Акт третий

Серенький день. Аметистов грустный сидит в гостиной возле телефона.

Аметистов *(икнув)*. Тьфу ты, черт тебя возьми! Вот привязалась! *(Пауза.)*

Входит Абольянинов, он скучен.

(Икнул.) Пардон.

Звонит телефон.

Херувим! Телефон!

Херувим *(по телефону)*. Силусаю... да... да... Тебе Гусь зовет. *(Уходит.)*

Аметистов *(по телефону)*. Товарищ Гусь? Здравия желаю, Борис Семенович. В добром ли здоровье? Как же, обязательно... ждем, ждем... часикам... *(Икает внезапно.)* Пардон, вспоминает меня кто-то... Как? Секрет, секрет... Сюрприз, Борис Семенович, вас ожидает. Честь имею кланяться. *(Икает.)*

А б о л ь я н и н о в. Удивительно вульгарный человек этот Гусь. Вы не находите?

А м е т и с т о в. Да, не нахожу. Человек, зарабатывающий пятьсот червонцев в месяц, может быть вульгарным! *(Икает.)* Кто это меня вспоминает, желал бы я знать! Какому черту я понадобился? Да-с, уважаю Гуся... Кто пешком по Москве таскается? Вы.

А б о л ь я н и н о в. Простите, мсье Аметистов, я не таскаюсь, а хожу.

А м е т и с т о в. Да не обижайтесь вы! Вот человек, ей-богу! Ну, ходите. Вы ходите, а он в машине ездит! Вы в одной комнате сидите (пардон, пардон, может быть, выражение «сидите» неприлично в высшем обществе, так восседаете), а Гусь — в семи! Вы в месяц наколотите... пардон, наиграете на ваших фортепьянах десять червяков, а Гусь — пять сотен. Вы играете, а Гусь танцует!

А б о л ь я н и н о в. Потому что эта власть создала такие условия жизни, при которых порядочному человеку существовать невозможно.

А м е т и с т о в. Пардон, пардон! Порядочному человеку при всяких условиях существовать можно. Я порядочный человек, однако же существую. Я, папаша, в Москву без штанов приехал, а вот...

А б о л ь я н и н о в. Простите, но какой я вам папаша?

Аметистов. Да не будьте вы таким недотрогой! Что за пустяки между дворянами.

Абольянинов. Простите меня, вы действительно дворянин?

Аметистов. Мне нравится этот вопрос! Да вы сами не видите, что ли? *(Икает.)* А, черт...

Абольянинов. Ваша фамилия, видите ли, мне никогда не встречалась.

Аметистов. Мало ли что не встречалась! Известная пензенская фамилия. Эх, сеньор! Да если бы вы знали, что я вынес от большевиков, эх... Имение разграбили, дом сожгли...

Абольянинов. У вас в каком уезде было имение?

Аметистов. У меня? Да вы говорите про... которое?

Абольянинов. Ну да которое сожгли.

Аметистов. Ах, это... Не хочу я вспоминать, потому что мне тяжело. Белые колонны, как сейчас помню... Семь колонн, одна красивее другой. Э, да что говорить! А племенной скот! А кирпичный завод!

Абольянинов. У моей тетки, Варвары Николаевны, был превосходный конский...

Аметистов. Что там Варвара-тетка! У меня лично был, да какой! Да что вы так приуныли? Приободритесь, отец!

Абольянинов. У меня тоска!

Аметистов. Вообразите, у меня тоже. Почему, неизвестно! Предчувствие какое-то... От тоски карты помогают...

Абольянинов. Я не люблю карт, я люблю лошадей. У меня была лошадь Фараон...

Голос глухо запел: «Напоминают мне оне...»

Камзол красный, рукава желтые, черная перевязь — Фараон...

Аметистов. Я любил заложить фараон... Эх, пойдет партнер углами гнуть, вы, батюшка, холодным потом обольетесь! Но зато потом, как срежете ему карту на полном ходу, хлоп! Ляжет, как подкошенная!.. Кто меня расстроил... Эх, убраться бы из Москвы поскорее!

Абольянинов. Да, да, поскорее, я не могу здесь жить...

Аметистов. Не раскисайте, братишка! Три месяца еще, и уедем в Ниццу. Вы бывали в Ницце, граф?

Абольянинов. Бывал много раз.

Аметистов. Я тоже, конечно, бывал, только в глубоком детстве. Эх-хо-хо... Моя покойная матушка, помещица, возила меня... две гувернантки с нами ездили, нянька... Я, знаете ли, с кудрями... Интересно, бывают ли шулера в Монте-Карло?

Абольянинов *(в тоске)*. Ах, я не знаю... Ах, я ничего не знаю...

Аметистов. Схватило! Вот экзотическое растение. Граф, коллега, до прихода Зоечки прошвырнемся в «Баварию»?

Абольянинов. Вы меня прямо ошеломляете вашими словами. В пивных грязь и гадость...

Аметистов. Вы, стало быть, не видели раков, которых вчера привезли в «Баварию»! Каждый рак величиной ну, чтобы вам не соврать, с гитару! Херувим!

Появляется Херувим.

Слушай, дорогой мажордом желтой расы, если придет Зоя Денисовна, скажи, что мы с графом на минутку в Третьяковскую галерею пошли. Ползем, папаня! Во — раки! *(Уходит с Абольяниновым.)*

Херувим. Мануска! Усли!

Манюшка *(вбегает, целует Херувима)*. Чем ты мне понравился, я в толк не возьму! Желтый, как апельсин, а понравился! Вы, китайцы, лютеране?

Херувим. Лютирани, мала-мала, белье стираем... Слусай, Мануска, вазное дело. Мы скоро ехать будим, Мануска. Я тибе беру Санхай.

Манюшка. В Шанхай? Не поеду я.

Херувим. Поедеси!

Манюшка. Что ты командуешь? Что я тебе, жена, что ли?

Херувим. Я тибе зеню, Мануска. В Санхае.

Манюшка. Меня нужно спросить, пойду я за тебя или нет. Что, я тебе контракт подписывала, что ли, косой?

Херувим. Ты, мозет, Ганзалина зенить хоцись?

Манюшка. А хотя бы и Газолина, я девушка свободная. Ты чего буркалы китайские выпятил, я тебя не боюсь.

Херувим. Ганзалини?

Манюшка. Нечего, нечего...

Херувим *(становится страшен)*. Ганзалини?

Манюшка. Что ты, что ты...

Херувим *(схватывает Манюшку за глотку, вынимает нож)*. Я тибе цицас резать буду. *(Душит Манюшку.)* Кази, Ганзалини целовала?

М а н ю ш к а. Ой, пусти глотку, ангелок... Помяни, Господи, рабу Марию...

Х е р у в и м. Целовала? Целовала?

М а н ю ш к а. Херувимчик, хрустальный... Не целовала... не режь сиротку... Пожалей мою юную жизнь...

Х е р у в и м *(спрятал нож)*. Зенить будеси Ганзалини?

М а н ю ш к а. Нет, нет, нет...

Х е р у в и м. Мине зепить будиси?

М а н ю ш к а. Нет... буду, буду. Что же это он, товарищи, делает?!

Х е р у в и м. Я тибе предлозение делала.

М а н ю ш к а. Ай да предложение, ай да женишок с ножичком... Ты же разбойник, Херувим!

Х е р у в и м. Ниэт... Я ни разбойник, я был пицальный... каздый гоняит... тюрьму хоцит садить китайса, за кокаин... Гандзалин миня тиранил мала-мала... Белье стирал целую ноць... сам денга бирет, мине сорок копиек давал... я страдал, холодный... — китайса не мозет зить холодной Москва... китайса Санхае долзен зить... Слусай, Мануска, ты типель собилайся, все собилай, мы скоро ехать будим, я придумал много цирвонцев достать...

М а н ю ш к а. Ой, Херувим, что ты придумал? Боюсь я тебя!

Звонок.

Катись в кухню.

Херувим исчезает.

(Открыв дверь.) Ой, господи, боже мой!..

Г а н д з а л и н. Здрасти, Мануска!

М а н ю ш к а. Ой, уйди, Газолин...

Г а н д з а л и н. Нет, я зацем уйди? Я не уйди. Ты одна, Мануска? Я тибе присел предлозение делать.

Манюшка. Уйди, Газолин.

Гандзалин. Нет, зацем? Ты мне сто говорила, а? Говорила, любиси. Обманула Ганзалин?

Манюшка. Что ты врешь? Ничего я тебе не говорила. Вот я Зою Денисовну кликну...

Гандзалин. Ты вресь. Ее дома нету. Ты, Мануска, много вресь! А я тибе люблю!

Манюшка. Ты с ножом? Говори прямо, если с ножом...

Гандзалин. Я с нозом. Предлозение делать.

Херувим (появился внезапно). Кто предлозение?

Гандзалин. Ага! Вот он, помосник! Ах, ты!..

Херувим. Ты иди с квартиры, иди!.. Это моя квартира, Зойкина, моя!

Манюшка. Ой, что же это будет?

Гандзалин. Твоя? Бандит! Захватил квартиру Зойкину! Я тибя подобрал? Ты как собака был? А ты... Я предлозение буду делать Мануске!

Херувим. Я узе делала. Она моя зена, она миня любит!

Гандзалин. Вресь! Она моя зена, она миня любит!

Манюшка. Врет, врет, врет! Херувимчик, врет он!

Херувим. Уходи из моей квартиры!

Гандзалин. Ты уходи! Я милици все расскази, какой ты китайский тип.

Херувим. Милиции... *(Шипит.)*

Гандзалин шипит.

Манюшка. Зайчики, милые, только не режьтесь, дьяволы!

Херувим. А-а-а-а!.. *(Внезапно выхватывает нож, бросается на Гандзалина.)*

М а н ю ш к а. Караул! Караул! Караул!

Гандзалин бросается в зеркальный шкаф, захлопывая за собой дверцу. Звонок.

Караул! Брось ножик, черт окаянный!

Звонок.

Звонят! На каторгу тебя заберут!

Звонок.

Х е р у в и м. Я его потом зарезу! *(Закрывает шкаф на ключ, ключ прячет в карман и исчезает.)*

Манюшка открывает дверь, в переднюю входят двое неизвестных в штатском, оба с портфелями.

П е р в ы й н е и з в е с т н ы й. Здравствуйте, товарищ! Это не у вас «караул» кричали?

М а н ю ш к а. Что вы, какой «караул»? Это я пела...

В т о р о й н е и з в е с т н ы й. А-а...

М а н ю ш к а. А вам что, товарищи?

П е р в ы й н е и з в е с т н ы й. А мы, товарищ, комиссия. Пришли вашу мастерскую осматривать.

М а н ю ш к а. Да заведующей сейчас нету... Сегодня занятиев нет...

П е р в ы й н е и з в е с т н ы й. А вы кто же такая сами будете?

М а н ю ш к а. Я ученица-модельщица.

В т о р о й н е и з в е с т н ы й. Ну вот вы нам и покажите. А то что же нам два раза ходить.

М а н ю ш к а. Ну, тогда пожалуйте...

П е р в ы й н е и з в е с т н ы й. Здесь что помещается?

Манюшка. А это примерочная.

Первый неизвестный. Хорошая комнатка! Это что же, на них и примеряют? (*Показывает на манекены.)*

Манюшка. Как же, на манекене...

Первый неизвестный. А модельщицы для чего?

Манюшка. А это когда на шагу платье примеривают, так на ученицу надевают...

Первый неизвестный. Ага.

Второй неизвестный *(отдергивает занавес).*

За занавесом оказывается Херувим с утюгом в руках.

Гм... Китаец!

Манюшка. А это к нам из прачечной ходит, юбки гладит...

Первый неизвестный. Ага...

Херувим плюет на утюг и уходит с ним.

Ну, пойдемте дальше. *(Уходит, за ним Манюшка.)*

Второй неизвестный, оставшись один, быстро вынимает ключи, открывает один шкаф, осматривает, закрывает его, открывает второй, отскакивает. В шкафу, скорчившись, сидит Гандзалин с ножом.

Второй неизвестный. Второй! Тсс... Сидишь?

Гандзалин. Сидю.

Второй неизвестный *(шепотом).* А ты что здесь делаешь?

Гандзалин *(плаксиво).* Я мала-мала прятался...

Меня сицас Херувим-бандит резать будит... Спаси ти меня, мала-мала...

Второй неизвестный. Тише ты! Спасем, спасем. А ты сам кто будешь?

Гандзалин. Я Гандзалин, цесный китаец. Я горнисной предлозение делал, а он меня цуть не зарезал! Он сюда опиум таскает, в эту квалтиру.

Второй неизвестный. Ага. Так, так... Выкатывайся из шкафа, иди в отделение милиции и там меня жди. Только ходу не вздумай дать, я тебя на дне моря найду.

Гандзалин. Я ни убегу. Только Херувима забери, он бандит! *(Выпрыгивает из шкафа, скрывается в передней, исчезает.)*

Второй неизвестный уходит туда, куда ушли Манюшка и Первый неизвестный. Через некоторое время все трое возвращаются.

Первый неизвестный. Ну, что же? Все прекрасно, и светло, и ясно... Отлично устроена мастерская.

Второй неизвестный. Что говорить!

Первый неизвестный *(Манюшке)*. Ну, вот что, товарищ, передайте заведующей, что была комиссия и нашла мастерскую в образцовом порядке. Мы вам и бумагу пришлем.

Второй неизвестный. Кланяйтесь.

Оба уходят в переднюю. Манюшка закрывает за ними дверь.

Херувим *(вылетает, как буря, с ножом)*. А-а, усли? Милиция раскази? Я тибе расказу! *(Бросается к шкафу.)*

Манюшка. Дьявол! Караул! Дьявол! Караул!

Херувим *(открывает шкаф и остолбеневает)*. Сволоць! У него клюц был!

Занавес

Ночь. Гостиная Зои освещена лампами под абажурами. В нише горит китайский фонарь. Херувим сидит в своем экзотическом наряде в нише — похож на божка. За дверями слышен звон двух гитар, слышно, как несколько голосов негромко поют: «Эх, раз, еще раз!..» Манекены стоят, улыбаются, не разберешь, живые они или мертвые. Много цветов в вазах.

Аметистов *(выглянув из дверей)*. Херувим! Шампанского!

Херувим. Цицас! *(Уходит, через некоторое время возвращается и опять садится в нише.)*

Звуки гитар сменились роялем, на котором играют фокстрот. Из дверей выходит Мертвое тело, тоскливо оглядывается, направляется к Херувиму.

Мертвое тело. Позвольте вас просить, мадам!

Херувим. Я не мадама иесть...

Мертвое тело. Что за черт!.. *(Подходит к одному из манекенов.)* Один тур, мадам... Не желаете, как угодно... Улыбайтесь, улыбайтесь... Только смотрите, чтобы вам потом плакать не пришлось... *(Потом подходит ко второму манекену.)* Мадам... (Обнимает манекен за талию, танцует с ним.) Никогда в жизни не держал в руках такой талии... *(Всматривается в манекен, отталкивает его, горько плачет.)*

Аметистов *(выскакивает из дверей)*. Иван Васильевич! Пардон, пардон... Чего вы расстроились? Чего вам не хватает в жизни?

Мертвое тело. Подлец ты!..

Аметистов. Иван Васильевич, я вам нашатырного спирту накапаю.

Мертвое тело. Новое оскорбление!.. Всем шампанского, а мне — нашатырный спирт...

Аметистов. Иван Васильевич, родной мой...

Во время этой сцены дверь в глубине полуосвещенной спальни Зои открывается, и в спальне появляется бесшумно Портупея, прячется за портьерой и наблюдает происходящее. Из двери появляется Роббер.

Роббер. Иван Васильевич, что с тобой?

Мертвое тело. Нашатырным спиртом поят!

Марья Никифоровна *(появилась в гостиной)*. Иван Васильевич, милый!

Мертвое тело. Отойдите все от меня!..

Зоя появилась в гостиной.

Роббер. Зоя Денисовна, примите мои глубокие извинения, от имени Ивана Васильевича тоже.

Зоя. Пустяки, это бывает.

Аметистов. Действуйте, берите его танцевать.

Марья Никифоровна увлекает плачущее Мертвое тело к двери, за ними Аметистов.

Роббер. Зоя Денисовна, вечер ваш очарователен! Да, кстати, чтобы потом не забыть при прощании... сколько я должен вам?

Зоя. Мы устраиваем эти вечера в складчину... двести рублей.

Роббер. Слушаю-с... Я уплачу и за Ивана Васильевича. Значит, двести и двести...

Зоя. Четыреста.

Роббер. Слушаю... *(Вручает деньги.)* Мерси. Зоя Денисовна, один тур.

Зоя. Ах, нет, я не танцую.

Роббер. Ах, Зоя Денисовна, почему же? *(Уходит.)*

Херувим вдруг шевельнулся, посмотрел в сторону передней. Оттуда выглянула Манюшка, сделала какой-то знак. Зоя кивнула головой. Тут же бесшумно из передней появляется Алла Вадимовна. Она в пальто и вуали.

Зоя *(шепотом)*. Здравствуйте, Аллочка. *(Манюшке.)* Веди Аллу Вадимовну к себе в комнату, надевай на нее туалет.

Манюшка уходит с Аллой через спальню. Херувим скрывается бесшумно. Портупея отодвигает портьеру и появляется.

(Вздрагивает, отшатывается.) Что это значит, Портупея? Как вы попали сюда?

Портупея *(шепотом)*. Через черный ход. У меня ключи от всех квартир. Ай да Зоя Денисовна! Ай да мастерская! Ну, все понятно!

Зоя *(дает деньги Портупее)*. Исчезайте, молчите! Когда разойдутся, приходите, дам еще!

Портупея. Зоя Денисовна, поосторожнее!..

Зоя. Уходите...

Портупея уходит через спальню, Зоя за ним. Слышен негромкий фокстрот за дверями. Из дверей выходит Гусь. Он мрачен.

Гусь. Гусь, ты пьян!.. До чего ты пьян, коммерческий директор тугоплавких металлов, не может изъяснить язык!.. Ты один только знаешь, почему ты пьян... Но ты никому этого не скажешь, потому что ты горд!.. Вокруг тебя вертятся женщины и увеселяют директора, но ты не весел... Душа твоя мрачна... *(Манекену.)* Ах, манекен!

З о я бесшумно появилась в спальне.

Тебе одному, молчаливый манекен, я доверяю свою тайну: я...

З о я. Влюблен.

Г у с ь. А, Зойка! Ты подслушала меня? Ну, что же... Зоя! Змея обвила мое сердце... Ах, Зоя, я догадываюсь, что она дрянь!.. Но она победила меня!..

З о я. Стоит ли мучиться, о милый Гусь? Ты найдешь другую.

Г у с ь. Ах нет, никогда! Но все равно, Зоя, покажи мне кого-нибудь, чтобы я хоть на время забыл про нее и вытеснил ее из своего сердца... З о я, она не любит меня!

З о я. О, мой Гусь, мой старый приятель, подожди несколько минут, и ты увидишь такую женщину, что забудешь все на свете! И она будет твоя, потому что какая женщина устоит против тебя, Гусь!

Г у с ь. Спасибо тебе, Зойка, за добрые слова...

Из дверей выходят А б о л ь я н и н о в и А м е т и с т о в — оба во фраках.

Я хочу тебя наградить. Сколько я тебе должен?

З о я. Гусь, я ничего не хочу с тебя брать.

Г у с ь. Ты не хочешь брать, ну, а я хочу дать. Бери пятьсот рублей.

З о я. Мерси.

Г у с ь. *(Аметистову.)* А-а, администратор! Ты устроил рай, в котором отдохнула измученная душа! Прими!

Аметистов. Данке зер.

Гусь *(Абольянинову)*. Граф! Прекрасно играете на рояле! Прошу вас. *(Вручает ему деньги.)*

Абольянинов. Мерси. Когда изменятся времена, я вам пришлю своих секундантов.

Гусь. Дам, и им дам.

Аметистов. Браво, Борис Семенович! Борис Семенович, внимание! Перемена декораций! Сейчас будет демонстрирован новый туалет! Свет!

Включают свет. Несколько мгновений квартира Зои во тьме, потом лампы наливаются ярким светом. В гостиной сидят: Зоя, Гусь, Роббер, Мертвое тело, Марья Никифоровна, Лизанька и мадам Иванова. Абольянинов — за роялем. У занавеса, которым закрыта ниша, возникает Аметистов.

Аметистов. Внимание! Сиреневый туалет. Демонстрирован в Париже! Цена — шесть тысяч франков! Ателье!

Абольянинов начинает вальс. Алла на эстраде выступает под музыку.

Все. Браво!

Гусь. Что такое?

Алла. Ах! Это вы! Как вы попали сюда?

Гусь. Как вам это нравится? Она спрашивает, как я сюда попал? В то время как я должен спросить ее, как она сюда попала!

Алла. Я поступила модельщицей.

Гусь. Модельщицей!! Женщина, которую я люблю!.. Женщина, на которой я собираюсь жениться, бросив жену и пару малюток, поступает в модельщицы! Да знаешь ли ты, несчастная, куда ты поступила?

А л л а. В ателье.

Г у с ь. Ну да, пишется «ателье», а выговаривается «веселый дом»!

Р о б б е р. Что такое, что такое!

Г у с ь. Видали вы, дорогие товарищи, такое ателье, где туалеты показываются ночью под музыку?!

М е р т в о е т е л о. Правильно!.. На каком основании музыка?.. Будьте любезны...

А м е т и с т о в. Пардон, пардон...

З о я. Ага, теперь понятно! *(Передразнивает Аллу.)* «У меня никого нет, Зоя Денисовна, с тех пор как умер мой муж»... Ах вы ломака, ломака! Ведь я же вас спрашивала, предупреждала! Спасибо, Аллочка, за скандал!

Г у с ь. Зоя Денисовна, вы в качестве модельщицы выставили мне мою невесту!

А л л а. Я не невеста вам.

Г у с ь. Она моя любовница, между нами!

М е р т в о е т е л о. Слава тебе господи, развеселились!..

А б о л ь я н и н о в. Попрошу вас не оскорблять женщину!

Г у с ь. Пианист, оставь меня!

З о я. Господа, это маленькое недоразумение, оно сейчас разъяснится... прошу вас, господа, в залу... Будьте добры, пожалуйста... Аметистов!

А м е т и с т о в. Пардон, пардон, прошу, господа, пожалуйста! Общий грандиозный фокстрот! А тут маленькое интимное объяснение... Такие происшествия нередки в высшем свете... Иван Васильевич! Лизанька, примите меры.

Женщины увлекают мужчин за двери. С ними уходят Аметистов и Абольянинов. Зоя остается в нише и слушает разговор.

Гусь. Ты в ателье?

Алла. А как же вы-то попали в это ателье?

Гусь. Я? Я — мужчина! Я хожу в брюках! А не в платье, на котором разрез до пояса! Я хожу сюда потому, что ты выпила из меня всю кровь! А ты зачем?

Алла. А я за деньгами.

Гусь. Зачем тебе деньги?

Алла. Я хочу уехать за границу.

Гусь. На это не дам! Опять эта проклятая заграница!

Алла. Вот я и хотела здесь взять.

Гусь. У тебя в Москве было бы все, даже птичье молоко! Я семь раз делал тебе предложение! За границу!.. Как же, за границей уже все дожидаются, президент в Париже волнуется, что это Алла Вадимовна не едет?

Алла. Да, волнуется, только не президент, а мой жених.

Гусь. Кто? Жених? Жених? Ну, знаешь ли, если у тебя там есть жених, ты... ты... дрянь!

Алла. Не смейте оскорблять меня! Я скрыла это, верно. Но ведь я никак не полагала, что вы влюбитесь в меня! Я хотела взять у вас деньги на заграницу и удрать...

Гусь. Бери, но только оставайся!

Алла. Нет, ни за что!

Гусь. А, теперь!.. Когда ты в моих кольцах, ни за что!.. Ты посмотри на свои пальцы!

Алла *(срывает кольца, бросает на пол)*. Нате! Нате!..

Гусь. К черту кольца! Отвечай, ты пойдешь со мной или нет?

Алла. Нет, не пойду.

Гусь. Нет? Считаю до трех. Раз! Два!.. Считаю до десяти!

Алла. Бросьте это, Борис Семенович, не считайте. Я не пойду. Я не люблю вас.

Гусь. Распутная женщина!

Алла. Как вы см...

Зоя *(в нише)*. О, дура, проклятая!

Аметистов *(внезапно появился)*. Пардон, пардон, Борис Семенович!

Гусь. Вон!

Аметистов. Пардон, пардон, Борис Семенович!.. Алла Вадимовна, пожалуйста, вам надо отдохнуть!.. Успокоиться...

Алла *(идет)*. Зоя Денисовна, мне очень жаль, что я была причиной скандала... Туалет я вам верну...

Зоя. Я вам его дарю за глупость, идиотка!

Гусь. Стой! Ты куда? За границу?!

Алла *(из передней)*. Издохну, но сбегу!

Аметистов набрасывает на Аллу пальто, и она исчезает.

Гусь *(вслед)*. Я не дам тебе этого сделать!

Зоя. Успокой, успокой его!

Аметистов. Ладно, ладно, успокою... Иди к гостям...

Зоя уходит, закрывает за собою дверь.

Гусь *(в пространство)*. Ты будешь вещи продавать на Смоленском рынке, ты попадешь в больницу! И посмотрю я, как ты в своем сиреневом туалете... *(В тоске валится на ковер.)*

Аметистов. Борис Семенович, коврик грязный!.. Все устроится!.. Одна она, что ли, на свете? Плюньте! Она даже и не красива, антр ну суа ди, так, ординер...

Гусь. Уйди! Я тоскую...

Аметистов. Вот и отлично! Потоскуйте... Вот вам ликерчик и папиросы... *(Исчезает.)*

За сценою фокстрот.

Гусь *(тоскует)*. Гусь тоскует... Отчего ты тоскуешь, бедный? Оттого, что ты потерпел непоправимую драму... Ах я, несчастный! Я всего достиг, чего только можно достичь, и вот ядовитая любовь сразила меня, и я лежу на ковре, и где?.. В веселом доме!.. Алла! Вернись! *(Громче.)* Алла! Вернись!

Аметистов *(появился)*. Тихонечко, Борис Семенович, а то внизу пролетариат слышит... *(Исчезает, закрыв дверь.)*

Херувим появляется бесшумно, подходит к Гусю.

Гусь. Уйди, я тоскую...

Херувим. Цего тоскуеси мала-мала?

Гусь. Не могу видеть ни одного человеческого лица, только ты один симпатичный... Херувим, китайский человек... Печаль меня терзает, и от этого я нахожусь на ковре...

Херувим. Пецаль? Я тозе пецальний...

Гусь. Ах, китаец!.. Чего тебе печалиться? У тебя все впереди...

Херувим. Мадама обманула? Все мадамы сибко нехоросие мала-мала... Ну, сто? Другую мадаму забираеси... Много мадама Москве...

Гусь. Не могу достать другую мадаму!

Херувим. Тибе денги ниэт?

Гусь. Ах, милый китаец! Разве может быть, чтобы я не достал денег? Но вот одного не может придумать моя голова, как деньги превратить в любовь! Смотри! *(Выбрасывает из кармана толстые пачки червонцев.)* Утром получил пять тысяч! А вечером — удар, от которого я свалился! И вот я лежу на большой дороге, и пусть каждый в побежденного Гуся плюет, как я плюю на червонцы!

Херувим. Плюесь в денги? Смисно! У тибя денги ест, мадама нет... У меня мадама ест, а денги где? Дай погладить червонцы...

Гусь. Гладь...

Херувим. А, цервонцики, цервонцики, милые... *(Внезапно ударяет Гуся под лопатку финским ножом. Гусь затихает без звука.)* Цервонци... и теплый Санхай!! *(Прячет червонцы, срывает с Гуся часы с цепочкой, кольца с пальцев, вытирает нож о пиджак Гуся, поднимает Гуся, сажает в кресло, убавляет свет, говорит шепотом.)* Мануска!

Манюшка *(выглянула)*. Чего тебе?

Херувим. Тссе... Сицас Санхай безим... вокзал...

Манюшка. Ты что сделал, черт?

Херувим. Я Гуся зарезала...

Манюшка. А... Дьявол!.. Дьявол...

Херувим. Беги, а то тибя резать буду! Цицас мокрая беда будит!..

Манюшка. Господи! Господи! *(Исчезает вместе с Херувимом.)*

Аметистов *(вошел тихо)*. Борис Семенович, я на минуточку, только проведать... Ну, как чувствуете себя? Э, как вы переволновались! Вон и ручка холодная... *(Всматривается.)* Что?! Сукин кот!.. Бандит! Мокрое дело! Этого в программе, граждане, не было! Как же теперь быть-то, а? Засыпался! Крышка! Херувим!! Да... Конечно, ограбил и ходу дал... А я-то идиот!.. Вот тебе и Ницца! Вот тебе и заграница! *(Пауза. Машинально.)* Вечер был, сверкали звезды... Чего же я сижу? Ходу! *(Сбрасывает с себя фрак, галстук, вбегает в спальню Зои, открывает письменный стол, берет оттуда какие-то бумаги и деньги, прячет в карман, вынимает из-под постели старенький чемодан и из него — френч, надевает его, надевает кепку.)* Верный мой товарищ чемодан, опять мы с тобой вдвоем. Но куда податься теперь? Объясните мне, товарищи, куда податься? Ах, звезда ты моя, безутешная!.. Ах, судьба моя!.. Прощай, Зоя, прости! Иначе я поступить не мог! Прощай, Зойкина квартира! *(Исчезает с чемоданом.)*

Пауза. Дверь в спальню Зои тихонько открывается, и входят Первый и Второй неизвестные, а за ними еще двое неизвестных.

Зоя *(появилась в гостиной)*. Борис Семенович, вы один? А где же Аметистов? *(Всматривается.)* О боже! О боже! Мы погибли! О боже! *(Тихонько в двери.)* Павел Федорович!

Абольянинов вошел.

Павлик, стряслась беда! Посмотрите! *(Указывает на Гуся.)*

Абольянинов *(вглядевшись)*. Что такое?!

Зоя. Павлик, беда! Это китаец, это он с Аметистовым! Павлик, бежать! Сию минуту бежать.

Абольянинов. Как — бежать?

Зоя. Павлик, опомнитесь, поймите, в квартире убийство!.. Да что я... Ах, деньги в спальне! Бежать...

Первый неизвестный *(выходя)*. Спокойно, гражданочка. Нельзя бежать.

Зоя. Кто вы такие?!

Второй неизвестный. Спокойно, гражданочка. Мы с мандатами.

Абольянинов. Зоя! Что творится в квартире?

Зоя. Ах, понимаю! Павлик, это конец! Будьте мужчиной. Имейте в виду, мы не виноваты.

Второй неизвестный. Кто там танцует?

Зоя. Это мои гости. Запомните, мы не причастны к убийству. Это китаец и Аметистов.

Первый неизвестный. Спокойно, гражданочка. *(Идет к дверям, открывает их.)* Ваши документы, граждане.

Темно. Свет. Появляется Первый неизвестный — сидит за столиком, Второй неизвестный осматривает комнату, Третий неизвестный стоит у дверей, курит. Из дверей, ведущих в спальню, тихонько появляется Портупея, входит в гостиную, удивлен.

Первый неизвестный. Вам чего, гражданин?

Портупея. Довольно странно. Это я могу спросить, вам чего здесь, в квартире? Я председатель домкома.

Первый неизвестный. А-а-а. Очень приятно.

Портупея. Мне Зою Денисовну.

Второй неизвестный. Сейчас. *(Уходит.)*

Потом возвращается с Зоей и Абольяниновым. Оба они бледны, молчаливы. Зоя держит за руку Абольянинова. Портупея поражен.

Ну, чего хотел сказать Зое Денисовне?

П о р т у п е я *(учуял что-то неладное)*. А вы кто такие, товарищи, будете?

П е р в ы й н е и з в е с т н ы й. Гуся знал?

П о р т у п е я. Как же, они у нас в доме проживают.

В т о р о й н е и з в е с т н ы й. Проживали.

П о р т у п е я *(вздрогнул)*. Товарищи, я давно замечаю, подозрительная квартира... Завтра хотел сообщить...

З о я. Мерзавец! Я ему деньги платила! У него и сейчас мои червонцы в кармане!

Портупея попытался проглотить денежную бумажку.

В т о р о й н е и з в е с т н ы й *(отняв бумажку)*. Ты что же — дефективный? Червонцы жуешь?

П е р в ы й н е и з в е с т н ы й. У тебя под носом Гуся режут, а ты червонцами закусываешь!

П о р т у п е я *(упал на колени)*. Товарищи! Я человек малосознательный!.. *(С пафосом.)* Товарищи, принимая во внимание мою темноту и невежество, как наследие царского режима, считать приговор условным!.. Что такое говорю, и сам не понимаю...

П е р в ы й н е и з в е с т н ы й. Ну ладно, подымайся. *(Зое.)* Надевайте пальто, мадам, пора ехать.

Портупея громко рыдает.

Не рыдай. Вместе поедем.

З о я. Имейте в виду *(указывает на Абольянинова)*, что мой муж болен! Уж вы не обижайте его...

П е р в ы й н е и з в е с т н ы й. Его в больницу поместят...

З о я. Прощай, прощай, моя квартира!

А б о л ь я н и н о в. У меня мутится рассудок... Смокинги... кровь... *(Второму неизвестному.)* Простите, пожалуйста, я хотел вас спросить, отчего вы в смокингах?

В т о р о й н е и з в е с т н ы й. А мы в качестве гостей к вам собирались.

А б о л ь я н и н о в. Простите, пожалуйста, к смокингу ни в каком случае нельзя надевать желтые ботинки.

В т о р о й н е и з в е с т н ы й *(Первому неизвестному)*. Говорил я тебе?!

Занавес

БАГРОВЫЙ ОСТРОВ

Роман тов. Жюля Верна
С французского на эзоповский
перевел Михаил А. Булгаков

Часть I

ВЗРЫВ ОГНЕДЫШАЩЕЙ ГОРЫ

Глава 1

ИСТОРИЯ С ГЕОГРАФИЕЙ

В океане, издавна за свои бури и волнения названном Тихим, под 45-м градусом находился огромнейший необитаемый остров, населенный славными и родственными племенами — красными эфиопами, белыми арапами и арапами неопределенной окраски, получившими от мореплавателей почему-то кличку — махровых.

«Надежда», корабль знаменитого лорда Гленарвана, впервые подошедший к острову, обнаружил на нем оригинальные порядки: несмотря на то, что красные эфиопы численностью превышали и белых, и махровых арапов в 10 раз, правили островом исключительно арапы. На троне в тени пальмы сидел украшенный рыбьими костьми и сардинными коробками повелитель Сизи-Бузи, с ним рядом верховный жрец и еще военачальник Рики-Тики-Тави.

Красные же эфиопы были заняты обработкой маисовых полей, рыбной ловлей и собиранием черепашьих яиц.

Лорд Гленарван начал с того, с чего привык начинать всюду, где бы ни появлялся: водрузил на горе флаг и сказал по-английски:

— Этот остров... мой немножко будет.

Произошло недоразумение. Эфиопы, не понимавшие никакого языка, кроме своего, из флага сделали себе штаны. Тогда лорд стал пороть эфиопов под пальмами, а перепоров всех, вступил в переговоры с Сизи-Бузи и от последнего узнал, что этот остров — его, Сизин-Бузин, и «флаг не надо».

Оказывается, остров открывали уже два раза. Во-первых, немцы, а за ними какие-то, которые лопали лягушек. В доказательство Сизи ссылался на сардиночные коробки и умильно намекнул, что «огненная вода вкусная очень есть, да».

— Пронюхали, сукины сыны! — проворчал лорд по-английски и, похлопав Сизи по плечу, милостиво разрешил ему и в дальнейшем числить остров за собой.

Затем произошел товарообман. Матросы сгрузили на берег с «Надежды» стеклянные бусы, тухлые сардинки, сахарин и огненную воду. Бурно ликуя, эфиопы свезли на берег бобровые шкуры, слоновую кость, рыбу, яйца и жемчуг.

Сизи-Бузи огненную воду взял себе, сардинки тоже, бусы также, а сахарин подарил эфиопам.

Установились правильные сношения. Суда заходили в бухту, сбрасывали английские ценности, забирали эфиопову дрянь. На острове поселился корреспондент «Нью-Йоркского таймса» в белых штанах и с трубкой и немедленно заболел тропическим триппером.

Остров в учебниках географии был назван — Эфиопов остров (л'Иль д'Эфиоп).

Глава 2

СИЗИ ПЬЕТ ОГНЕННУЮ ВОДУ

Засим остров достиг невиданного процветания. Верховный жрец, военачальник и сам Сизи-Бузи буквально плавали в огненной воде. Лицо Сизи сделалось в конце концов как лакированное и какое-то круглое, без складок. Армия белых арапов, украшенная бусами, лесом копий сверкала у шатра.

Проходившие суда нередко слышали победные крики, несущиеся с острова:

— Да здравствует наш повелитель Сизи-Бузи, а равно и верховный жрец! Ура, ура!

Кричали арапы, и громче всех махровые.

Со стороны эфиопов доносилось громкое молчание. Не получая огненного пайка и работая до потери задних ног, означенные эфиопы находились в состоянии томном и даже граничащем с глухим неудовольствием. А так как среди эфиопов, как и среди всех людей, имеются смутьяны, то бывало и так, что у эфиопов зарождались завиральные мысли.

— Это как жа, братцы? Ведь это выходит не по-божецки? Водка им (арапам), бусы им, а нам шиш с сахарином? А как работать — это тоже мы?

Кончилось это крупною неприятностью, и опять-таки для эфиопов. Сизи-Бузи при самом начале брожения умов послал к эфиоповым вигвамам карательную арапову экспедицию, и та в два счета привела эфиопов к одному знаменателю.

Перепоротые, они кланялись в пояс и говорили:

— И детям закажем.

И, таким образом, вновь наступили ясные времена.

Глава 3

КАТАСТРОФА

Вигвамы Сизи и жреца помещались в лучшей части острова у подножия потухшей триста лет назад огнедышащей горы.

Однажды ночью она проснулась совершенно неожиданно, и сейсмографы в Пулково и Гринвиче показали зловещую чепуху.

Из огнедышащей горы вылетел дым, за ним пламя, потом поперли какие-то камни, а затем, как кипяток из самовара, жаркая лава.

И к утру было чисто. Эфиопы узнали, что они остались без повелителя Сизи-Бузи и без жреца, с одним военачальником. На месте королевских вигвамов громоздились горы лавы.

Глава 4

ГЕНИАЛЬНЫЙ КИРИ-КУКИ

В первое мгновение эфиопы были разбиты громом, и даже произошли в толпе слезы, но уже во второе мгновение по головам и эфиопов, и уцелевших арапов во главе с военачальником пронесся совершенно естественный вопрос: «Что же будет дальше?»

Вопрос повлек за собой гудение, сперва неясное, а затем громкое, и неизвестно, во что бы это вылилось, если бы не произошло удивительное событие.

Над толпой, напоминающей маковое поле с редкими белыми пятнами и махрами, взвилось чье-то испитое лицо и бегающие глаза, а затем, возвышаясь на бочке, всей своей персоной предстал известный всему острову пьяница и бездельник Кири-Куки.

Эфиопов разбило громом второй раз, и причиной этому был поразительный вид Кири-Куки. Все от мала до велика привыкли его видеть околачивающимся то в бухте, где выгружали огненные прелести, то возле вигвама Сизи и отлично знали, что Кири чистой воды махровый арап. И вот Кири явился перед ошалевшими островитянами раскрашенным с ног до головы в боевые эфиоповы красные цвета. Самый опытный глаз не отличил бы вертлявого пройдоху от обыкновенного эфиопа.

Кири качнулся на бочке вправо, потом влево и, открыв большой рот, грянул изумительные слова, тотчас занесенные в записную книжку восхищенным корреспондентом «Таймса»:

— Как таперича стали мы свободные эфиопы, объявляю вам спасибо!

Абсолютно ни один из эфиопова моря не понял, почему именно Кири-Куки объявляет спасибо и за что спасибо?! И вся громада ответила ему изумленным громовым:

— Ура!!!

Несколько минут бушевало оно на острове, а затем его прорезал новый вопль Кири-Куки:

— А теперь, братцы, вали присягать!

И когда восхищенные эфиопы взвыли:

— К-кому?!!

Кири ответил пронзительно:

— Мне!!!

На сей раз хлопнуло арапов. Но паралич продолжался недолго. С криком:

— Угодил, каналья, в точку! — военачальник первым бросился качать Кири-Куки.

Всю ночь на острове, играя в небе отблесками, горели веселые костры и, пьяные от радости и от огненной воды, раскупоренной тороватым Кири, плясали вокруг них эфиопы.

Проходящие суда тревожно бороздили небо радиомолниями и собирались остров для порядку обстрелять, но вскоре весь цивилизованный мир был успокоен телеграммой таймсова корреспондента:

«У дураков на острове национальный праздник байрам точка Мошенник гениален».

Глава 5

BOUNT

Затем события покатились со сверхъестественной быстротой. В первый же день, чтобы угодить эфиопам, Кири остров назвал Багровым, в честь основного эфиопова цвета, и этим эфиопов, равнодушных к славе, не прельстил, а арапов обозлил. Во второй день, чтобы угодить арапам, в должности военачальника утвердил арапа же Рики-Тики — и этим арапам не угодил, потому что каждый из них хотел быть начальником, а эфиопов обозлил. В третий, чтобы угодить лично себе, соорудил себе из шпротовой коробки лохматый головной убор, до чрезвычайности напоминающий корону покойного Сизи. Этим никому не угодил и всех обозлил, ибо арапы полагали, что каждый из них достоин коробки, а эфиопы, развращенные огненной водой, были вообще против коробки, напоминающей им весьма жгуче приведение к одному знаменателю.

Последнее же мероприятие Кири-Куки было направлено по адресу огненной воды, и на нем Кири окончательно и засыпался. Кири объявил, что огненной воды будет всем поровну, и не исполнил. Очень просто. Ежели всем, то ее нужно много. А где же ее взять? В обмен на воду Кири загнал очередной урожай маиса — воды много не добыл, зато не только эфиопам, но и арапам подвело животы, и получилось неудовольствие.

В прекрасный жаркий день, когда Кири, по обыкновению, лежал негодный к употреблению в своем вигваме, к начальнику Рики-Тики явился некий эфиоп, на физиономии коего были явственно выписаны его смутьянские наклонности. В момент его появления Рики пил огненную воду под аккомпанемент хрустящего жареного поросенка.

— Тебе чего надо, эфиопская морда? — сухо спросил мрачный командир.

Эфиоп пропустил комплимент мимо ушей и прямо приступил к делу.

— Ды как же это? — заныл он. — Ведь это что же?

Вам и водка, и поросята? Это опять, стало быть, старые порядки?

— Ага. Ты, значит, поросенка захотел? — сдерживаясь, спросил воин.

— А как же? Чай, эфиоп тоже человек? — дерзко ответил визитер и нагло отставил ногу.

Рики взял поросенка за хрустящую ножку и, развернув его винтом, хлопнул эфиопа в зубы так, что из поросенка брызнуло масло, изо рта эфиопа — кровь, а из глаз слезы вперемешку с крупными зелеными искрами.

— Вон!!!! — закончил Рики дискуссию.

Неизвестно, что такое учинил эфиоп, вернувшись к себе домой, но хорошо известно, что к концу дня весь остров уже гудел, как улей. А уже ночью фрегат «Ченслер», проходя мимо острова, видел два зарева в южной бухте Голубого Спокойствия и весь мир встревожил телеграммой:

«Острове огни всем признакам ослов эфиопов снова праздник Гаттерас».

Но почтенный капитан ошибся. Правда, огни были, но праздничного в них не заключалось ровно ничего. Просто в бухте горели вигвамы эфиопов, подожженные карательной экспедицией Рики-Тики.

Наутро огненные столбы превратились в дымные, причем их было не два, а уже девять. К ночи дымы превратились опять в лапчатые зарева (шестнадцать штук).

Мир был встревожен газетным заголовком в Париже, Лондоне, Риме, Нью-Йорке, Берлине и прочих городах «В чем дело?».

И вот пришла телеграмма таймсовского корреспондента, поразившая мир:

«Шестой день горят вигвамы арапов. Тучи эфиопов... (неразборчиво) Кири жулик бежа... (неразборчиво)».

А через день грянула на весь мир ошеломляющая телеграмма, уже не с острова, а из европейского порта:

«Ephiop sakatil grandiosni bount. Ostrov gorit, povalnaja tschouma. Gori troupov. Avansom piatsot. Korrespondent».

Часть II

ОСТРОВ В ОГНЕ

Глава 6

ТАИНСТВЕННЫЕ ПИРОГИ

На рассвете часовые на европейском берегу крикнули:

— На горизонте суда!!

Лорд Гленарван вышел с подзорной трубой и долго изучал черные точки.

— Мой не понимай, — сказал джентльмен, — похоже, пироги диких?

— Гром и молния! — воскликнул Мишель Ардан, отбросив «Цейсс» в сторону, — ставлю вашингтонский доллар против дырявого лимона выпуска 23-го года, если это не арапы!

— И очень просто, — подтвердил Паганель.

Ардан и Паганель угадали.

— Что означайт? — спросил лорд, удивившись в первый раз в жизни.

Вместо ответа арапы только хныкали. На них было положительно страшно смотреть. Когда они немного отдышались, выяснились ужасные вещи: эфиопов тучи. Проклятые смутьяны разожгли этих дураков. Требование: арапов к чертям. Рики послал экспедицию, и ее перебили. Мерзавец Кири-Куки улизнул первый на пироге. Остатки карательной экспедиции во главе с Рики-Тики вот они — в пирогах. Они мало-мало к лорду приехали.

— Сто сорок чертей и одна ведьма!! — грянул Ардан. — Они собираются жить в Европе. Компренэ ву?!

— Но кто кормить будет? — испугался Гленарван. — Нет, вы обратно остров езжай.

— Нам таперича, ваше сиятельство, на остров и носу показать невозможно, — плакали арапы, — эфиопы нас начисто поубивают. А во вторых строках, вигвамы наши, к черту, попалили. Вот ежели бы какую ни на есть военную силу послать, смирить этих сволочей...

— Благодарю, — иронически ответил лорд, указывая на телеграмму корреспондента, — у вас там чума. Мой еще с ума не сходил. Один мой матрос дороже, чем ваш паршивый остров весь. Да.

— Точно так, ваше превосходительство, — согласились арапы, — известно, что мы ни черта не стоим. А насчет чумы господин корреспондент верно пишут. Так и косит, так и косит. И опять же голод.

— Тэк-с, — задумчиво сказал лорд, — ладно. Мой будет посмотрейт. — И скомандовал: — В карантин!

Глава 7

АРАПОВЫ МУКИ

Чего натерпелись арапы в гостях у лорда, и выразить невозможно. Началось с того, что их мыли в карболке и держали за загородкой, как каких-нибудь ослов. Кормили аккуратно, как раз так, чтобы арапы не умирали. А так как установить точную норму при таком методе невозможно, то четверть арапов все-таки отдала богу душу.

Наконец, промариновав арапов в карантине, лорд направил их на работы в каменоломни. Там были надсмотрщики, а у надсмотрщиков бичи из воловых жил...

Глава 8

МЕРТВЫЙ ОСТРОВ

Суда получили приказ обходить остров на пушечный выстрел. Так они и делали. По ночам было видно слабое догорающее зарево, а днем остров тлел черным дымом. Потом к этому прибавился удушающий смрадный дух. По голубым волнам тянуло трупным запахом.

— Крышка острову, — говорили матросы, глядя в бинокли на коварную зеленую береговую полосу.

Арапы, превратившиеся на хлебах лорда в бледные тени, шляясь в каменоломнях, злорадствовали:

— Так им и надо, прохвостам. Пущай поумирают к свиньям. Когда все издохнут, вернемся и остров займем. А уже этому мертвецу Кири-Куки кишки выпустим своеручно, где бы ни попался.

Лорд хранил спокойное молчание.

Глава 9

ЗАСМОЛЕННАЯ БУТЫЛКА

Ее выбросила однажды волна на европейский берег. Ее вскрыли с карболовыми предосторожностями в присутствии лорда, и в ней оказались неразборчивые каракули эфиопской рукой. Переводчик разобрался в них и представил лорду документ:

«Погибаем с голоду. Ребята (через ять) малые дохнут. Чума то же самое. Чай, ведь мы люди? Хлебца пришлите. Любящие эфиопы».

Рики-Тики посинел и заявил:

— Ваше сиясь!.. Да ни за что! Да пущай поумирают! Да ежели после всего их бунта да еще и кормить...

— Я и не собираюсь, — холодно ответил лорд и съездил Рики по уху хлыстом, чтобы он не лез с советами.

— В сущности, это свинство... — пробормотал сквозь зубы Мишель Ардан, — можно было бы послать немного маису.

— Благодарю вас за совет, месье, — сухо ответил Гленарван, — интересно знать, кто будет платить за маис? И так эта арапская орава налопала на черт знает сколько. В глупых советах я не нуждаюсь.

— Вот как? — прищурившись, спросил Ардан. — Позвольте узнать, сэр, когда мы стреляемся. И клянусь, дорогой сэр, я попаду в 20 шагах в вас так же легко, как в собор Парижской Богоматери.

— Я не поздравлю вас, месье, если вы окажетесь в 20 шагах от меня, — ответил лорд, — вес вашего тела увеличится на вес пули, которую я всажу вам в один из ваших глаз по вашему выбору.

Филеас Фогг был секундантом лорда, Паганель — Ардана. Вес Ардана остался прежним, и Ардан в лорда не попал. Он попал в одного из арапов, сидевших из любопытства за кустом. Пуля вошла арапу в переносицу и вышла через затылок. Арап умер в то время, когда она была на полпути — посредине мозга.

Ардан и Гленарван пожали друг другу руки и разошлись.

Но этим история с бутылкой не кончилась. Ночью 50 арапов сбежали на пирогах с европейского берега, оставив лорду нахальную записку:

«Спасибо за карболку и воловьи жилы надсмотрщиков. Надеемся, что когда-нибудь мы им переломаем ноги. Едем обратно на остров. С эфиопами замиряемся. Лучше от чумы подохнуть дома, чем от вашей тухлой солонины. С почтением, арапы».

Уехавшие уперли с собой подзорную трубу, испорченный пулемет, 100 банок сгущенного молока, шесть дверных блестящих ручек, 10 револьверов и двух европейских женщин.

Лорд перепорол оставшихся арапов и занес в книжку стоимость похищенного.

Часть III

БАГРОВЫЙ ОСТРОВ

Глава 10

ИЗУМИТЕЛЬНАЯ ДЕПЕША

Прошло 6 лет. Изолированный мертвый остров был забыт. С кораблей изредка издали видели моряки в бинокли пышную зелень его берегов, скалы и пенный прибой. Больше ничего.

Семь лет было назначено, чтобы выветрилась чума и остров стал безопасным. В конце седьмого предполагалась экспедиция на остров с целью вселения арапов обратно. Арапы, худые как скелеты, томились в каменоломнях.

И вот в начале седьмого года цивилизованный мир был потрясен изумительным известием. Радиостанции Америки, Англии, Франции приняли радиотелеграмму:

«Чума кончилась. Слава богу, живы, здоровы, чего и вам желаем. Ваши уважаемые эфиопы».

Наутро во всем мире газеты вышли с аршинными заголовками:

«Остров говорит!! Загадочное радио!!! Эфиопы живы?!»

— Клянусь фланелевыми панталонами моей бабушки! — взревел М. Ардан. — Это сверхъестественно. Не то удивительно, что они выжили, а то, что они дают телеграммы. Не дьявол же им соорудил радиостанцию?!

Лорд Гленарван принял известие задумчиво. Арапы же были совершенно разбиты. Рики-Тики-Тави хныкал и просил лорда:

— Теперича, ваше преосвященство, единственно: перебить их — экспедицию послать. Ведь это что ж такое делается?! Остров наш наследственный. До каких же пор мы тут томиться будем?

— Мой будет посмотреть, — ответил лорд.

Глава 11

КАПИТАН ГАТТЕРАС И ЗАГАДОЧНЫЙ БАРКАС

В чудесный майский день у острова на море показался дым винтом, и вскоре корабль под командой капитана Гаттераса, командированный лордом Гленарваном, пристал к берегу. Матросы усеяли ванты и борты и с любопытством глядели на остров. Глазам их представилась следующая картина: в бухте мирно дремала вода и неизвестный баркас торчал у самого берега среди целой стаи новеньких, видимо, только что отстроенных пирог. Загадка радиотелеграммы объяснилась тут же: вдали глядел в изумрудном тропическом лесу шпиль чрезвычайно уродливо сооруженной радиостанции.

— Сто дьяволов! — вскричал капитан. — Эти остолопы сами построили эту кривую дылду!

Матросы весело хохотали, глядя на корявый плод эфиопова творчества.

Лодка с корабля подошла к берегу и высадила капитана с несколькими матросами.

Первое, что поразило отважных мореплавателей, — это чрезвычайное изобилие эфиопов. Гаттераса обступили не только взрослые, но и целая куча молодых. На самом берегу гирляндами сидели толстые маленькие эфиопчики и удили рыбу, свесив ноги в голубую воду.

— Черт меня возьми, если эта чума не пошла им на пользу! — удивился Гаттерас. — У них такие морды, как будто их кормили кашей «Геркулес»! Ну-с, будем посмотреть дальше...

Дальше его поразил именно старенький баркас, приютившийся в бухте. Одного опытного взгляда было достаточно, чтобы убедиться: баркас с европейской верфи.

— Это мне не нравится, — процедил сквозь зубы Гаттерас, — если только они не украли эту дырявую калошу, то спрашивается, какая каналья шлялась на остров во время карантина? Мне сильно сдается, что баркас немецкий! — И, обратившись к эфиопам, он спросил:

— Эй вы! Краснорожие черти! Где вы свистнули лодку?

Эфиопы лукаво заулыбались, показав жемчужные зубы, и ничего не ответили.

— Не желаете отвечать? Ладно, — капитан нахмурился, — я вас сделаю разговорчивее.

С этими словами он направился к баркасу. Но эфиопы преградили ему и матросам путь.

— Прочь! — рявкнул капитан и привычным жестом взялся за задний карман.

Но эфиопы не ушли прочь. В одно мгновение Гаттерас и матросы оказались в тесном и плотном кольце. Шея капитана побагровела. В толпе он вдруг разглядел одного из белых арапов, бежавших из каменоломни.

— Ба-а! Старый знакомый! — воскликнул Гаттерас. — Теперь я понимаю, откуда смуты! Подойди сюда, негодяй!

Но негодяй не пожелал подойти. Он так и заявил:

— Не пойду!

Капитан Гаттерас в бешенстве оглянулся, и шея его стала фиолетовой, составив прекрасный контраст с белым полем его шлема. Дело в том, что в руках у многих эфиопов он разглядел ружья, чрезвычайно похожие на немецкие винтовки, а в руках у арапа — свистнутый у Гленарвана парабеллум. Лица матросов, обычно бойкие, стали серьезно-серенькими. Капитан глянул на жгучее синее небо, затем на рейд, где покачивался его корабль. Оставшиеся на борту матросы пестрели белыми пятнышками на реях и мирно наблюдали берег.

Капитан Гаттерас умел владеть собой. Шея его постепенно приобрела нормальный цвет, говорящий о том, что паралич на сей раз отсрочен.

— Пропустите-ка меня обратно на корабль, — вежливо-хриплым голосом сказал он.

Эфиопы расступились, и Гаттерас, эскортируемый моряками, отбыл на корабль. Через час на нем загремели якорные цепи, а через два он уже виднелся лишь маленьким дымком на горизонте солнечного моря.

Глава 12

НЕПОБЕДИМАЯ АРМАДА

В бараках, занятых арапами, творилось что-то неописуемое. Арапы испускали победные клики и ходили на головах. В этот день им ведрами подали золотистый жирный бульон. Лохмотьев на арапах больше не было. Им выдали великолепные ситцевые штаны и сколько угодно краски для боевой татуировки. У бараков стояли в козлах новехонькие скорострельные винтовки и пулеметы.

Рики-Тики-Тави был интереснее всего. Он сверкал кольцами в носу, пестрел развевающимися перьями. Лицо у него сияло, как у живоцерковного попа на Пасху. Он ходил как помешанный и говорил только одно:

— Ладно, ладно, ладно. Ужо, таперя, голубчики, вы у меня попрыгаете. Дай срок, доплывем. Вот только доплывем.

И при этом пальцами он делал такие жесты, как будто кому-то невидимому выдирал глаза.

— Стройся! Смирно! Ура! — кричал он и летал перед фронтом отяжелевших от бульона арапов.

Три бронированных громады в порту стали принимать араповы батальоны. И тут произошло событие. На середину перед фронтом вылезла оборванная и истасканная фигурка с головой, стриженной ежиком. Ошеломленные арапы всмотрелись и узнали в фигурке не кого иного, как самого Кири-Куки, скитавшегося все это время неизвестно где.

Он имел наглость выйти перед фронтом арапов и с заискивающей улыбочкой обратиться к Рики-Тики:

— А меня-то что ж, братцы, забыли? Чай, я ваш. Тоже арап. И меня на остров возьмите. Я пригожусь...

Он не успел окончить речь. Рики позеленел и вытащил из-за пояса широкий острый ножик.

— Ваше здоровье, — трясущимися губами обратился он к лорду Гленарвану, — этот самый... вот этот вот и есть Кири-Куки, из-за которого сыр-бор загорелся. Дозвольте мне, ваша светлость, своими ручками ему глоточку перерезать?

— Отчего же. С удовольствием, — ответил лорд благодушно, — только скорей, не задерживай посадку.

Кири-Куки успел только раз пискнуть, пока Рики мастерским ударом перехватил ему глотку от уха до уха.

Затем лорд Гленарван и Мишель Ардан выступили перед фронтом, и лорд произнес напутственную речь:

— Езжайт, эфиопов покоряйт. Мой будет помогайт, с корабля стреляйт. Ваш потом будет платийт за этот.

И батальоны арапов под музыку сели на суда.

Глава 13

НЕОЖИДАНННЫЙ ФИНАЛ

Как жемчужина, сияющий предстал в ослепительный день остров. Суда подошли к берегу и начали высаживать вооруженный арапов строй. Рики — полный боевого пламени — соскочил первый и, потрясая саблей, скомандовал:

— Храбрые арапы, за мной!

И арапы устремились за ним.

Затем произошло следующее: из плодоносной земли острова навстречу незваным гостям встала неописуемая эфиопова сила. Эфиопы ползли густейшими шеренгами. Их было так много, что зеленый остров во мгновение ока стал красным. Они перли тучами со всех сторон, и над их красным океаном, как зубная щетка, густо лезла щетина копий и штыков. Кое-где вкрапленные, неслись в качестве отделенных командиров те самые арапы, что дали ходу из каменоломни. Означенные арапы были вдребезги расписаны эфиоповыми знаками, потрясали револьверами. На их лицах ясно было написано, что им нечего терять. Из глоток у них неслось только одно — боевой командный вопль:

— В штыки!!

На что эфиопы отвечали таким воем, от которого стыла в жилах кровь:

— Бей их, сукиных сынов!!!

Когда враги встретились, стало ясно, что армия Рики не что иное, как белый остров в бушующем багровом океане. Он расплеснулся и охватил арапов с флангов.

— Клянусь рогами дьявола! — ахнул на борту флагманского корабля М. Ардан. — Я не видал ничего подобного!

— Подкрепите их огнем! — приказал лорд Гленарван, отрываясь от подзорной трубы.

Капитан Гаттерас подкрепил. Бухнула четырнадцатидюймовая пушка, и снаряд, дав недолет, лопнул как раз на стыке между арапами и эфиопами. В клочья разорвало 25 эфиопов и 40 арапов. Второй снаряд имел еще больший успех: 50 эфиопов и

130 арапов. Третьего снаряда не последовало, ибо лорд Гленарван, наблюдавший за результатами стрельбы в подзорную трубу, ухватил капитана Гаттераса за глотку и оттащил от пушки с воплем:

— Прекратите это, черт бы вас взял! Ведь вы лупите по арапам!!

В шеренгах арапов после первых двух подарков Гаттераса поднялся невероятнейший визг и вой, и ряды их дрогнули.

Взвыл даже Рики-Тики, вокруг которого закрутился бешеный водоворот. В водовороте вынырнуло внезапно искаженное лицо одного из рядовых арапов. Он подскочил к ошалевшему вождю и захрипел, причем пена вылезала у него вместе со словами:

— Как?! Мало того, что ты нас затянул в каменоломни и мариновал семь лет!! А теперь еще!! Загнал под чемоданы?! Спереди эфиопы, а сзади по башке снарядом?!! А-а-а-а-а!!!

Арап во мгновение выхватил ножик и вдохновенно всадил его Рики-Тики, чрезвычайно метко угадав между 5-м и 6-м ребром с левой стороны.

— Помо... — ахнул вождь, — гите, — закончил уже на том свете перед престолом Всевышнего.

— Ур-ра!!! — грянули эфиопы.

— Сдаемся!! Ура! Замиряйся, братцы!! — завыли смятенные арапы, вертясь в бушующих водах эфиоповой необозримой рати.

— Ур-ра!! — ответили эфиопы.

И все смешалось на острове в невообразимой каше.

— Семьсот лихорадок и сибирская язва!! — вскричал М. Ардан, впиваясь глазами в стекла «Цейсса». — Пусть меня повесят, если эти остолопы не помирились!! Гляньте, сэр! Они братаются!!

— Я вижу, — гробовым голосом ответил лорд, — мне очень интересно было бы знать, каким образом мы получим теперь вознаграждение за все убытки, связанные с кормлением этой оравы в каменоломнях?

— Бросьте, дорогой сэр, — вдруг задушевно сказал М. Ардан, — ничего вы не получите здесь, кроме тропической малярии. И вообще, я советую вам немедленно поднимать якоря. Берегись!!! — вдруг крикнул он и присел. И лорд присел машинально рядом с ним. И вовремя. Как дуновение ветра, над их головами прошла сверкнувшая туча стрел эфиопов и пуль арапов.

— Дайте им!! — взревел лорд Гаттерасу.

Гаттерас дал — и неудачно. Лопнуло высоко в воздухе. Соединенная арапо-эфиопская рота ответила повторной тучей, причем она прошла ниже, и лорд собственноглазно видел, как в корчах, сразу побагровев, упали семь матросов.

— К чертям эту экспедицию!! — прогремел дальновидный Ардан. — Ходу, сэр!! У них отравленные стрелы! Ходу, если вы не хотите привезти чуму в Европу!!

— Дай на прощание!! — просипел лорд.

Известный сапожник-артиллерист, Гаттерас дал на прощание куда-то криво и косо, и суда снялись с якоря. Третья туча стрел безвредно села в воду.

Через полчаса громады, одевая дымом горизонт, уходили, разрезая гладь океана. В пенистой кормовой струе болтались семь трупов отравленных и выброшенных матросов.

Остров затягивало дымкой, и исчезала в ней изумрудная, напоенная солнцем береговая полоса.

Глава 14

ФИНАЛЬНЫЙ СИГНАЛ

В ночь одело огненным заревом тропическое небо над Багровым островом, и суда хлестнули во все радиостанции словами:

«Острове байрам чрезвычайных размеров точка черти пьют кокосовую водку!!»

А засим Эйфелева башня приняла зеленые молнии, сложившиеся в аппаратах в неслыханно наглую телеграмму:

«Гленарвану и Ардану!

На соединенном празднике посылаем вас к (неразборчиво) мат. (неразборчиво). С почтением, эфиопы и арапы».

— Закрыть приемники! — грянул Ардан.

Башня мгновенно потухла. Молнии угасли, и что происходило в дальнейшем, никому не известно.

СОДЕРЖАНИЕ

Литературно-художественное издание

POCKET BOOK

Булгаков Михаил Афанасьевич

СОБАЧЬЕ СЕРДЦЕ

Ответственный редактор *О. Байкалова*
Художественный редактор *А. Сауков*
Технический редактор *Н. Носова*
Компьютерная верстка *Е. Кумшаева*
Корректор *М. Мазалова*

В оформлении обложки использована репродукция картины
Томаса Икинса «Клиника Эгнью», 1889 г.

ООО «Издательство «Эксмо»
127299, Москва, ул. Клары Цеткин, д. 18/5. Тел. 411-68-86, 956-39-21.
Home page: **www.eksmo.ru** E-mail: **info@eksmo.ru**

Подписано в печать 10.10.2012.
Формат 76x100 $^{1}/_{32}$. Гарнитура «Нью-Стандарт».
Печать офсетная. Усл. печ. л. 9,85.
Доп. тираж 3000 экз. Заказ № 7770

Отпечатано с готовых файлов заказчика
в ОАО «Первая Образцовая типография»,
филиал «УЛЬЯНОВСКИЙ ДОМ ПЕЧАТИ»
432980, г. Ульяновск, ул. Гончарова, 14

ISBN 978-5-699-46184-4

9 785699 461844 >